O médico e o monstro

A estranha história do doutor Jekyll e do Sr. Hyde

TÍTULO ORIGINAL: STRANGE CASE OF DR JEKYLL AND MR HYDE

DIREÇÃO EDITORIAL ETHEL SANTAELLA
TRADUÇÃO LUCIANE GOMIDE / ENTRELINHAS EDITORIAL
REVISÃO RITA DEL MONACO
DIAGRAMAÇÃO DEMETRIOS CARDOZO
ILUSTRAÇÕES S G HULME BEAMAN (CREATIVE COMMONS)
CAPA DELCARMAT / SHUTTERSTOCK.COM

Dados Internacionais de Catalogação na Publicação (CIP)
(Câmara Brasileira do Livro, SP, Brasil)

Stevenson, Robert Louis, 1850-1894
O médico e o Monstro / Robert Louis Stevenson ; tradução Luciane Gomide. -- 2. ed. -- São Paulo : Lafonte, 2020.

Título original: Strange Case of Dr Jekyll and Mr Hyde
ISBN 978-65-5870-067-8

1. Ficção inglesa I. Título.

21-57780 CDD-823

Índices para catálogo sistemático:

1. Ficção : Literatura inglesa 823

Aline Graziele Benitez - Bibliotecária - CRB-1/3129

EDITORA LAFONTE

AV. PROFª IDA KOLB, 551, CASA VERDE, CEP 02518-000, SÃO PAULO-SP, BRASIL - TEL.: (+55) 11 3855-2100
ATENDIMENTO AO LEITOR (+55) 11 3855-2216 / 11 3855-2213 - ATENDIMENTO@EDITORALAFONTE.COM.BR
VENDA DE LIVROS AVULSOS (+55) 11 3855-2216 - VENDAS@EDITORALAFONTE.COM.BR
VENDA DE LIVROS NO ATACADO (+55) 11 3855-2275 - ATACADO@ESCALA.COM.BR

IMPRESSÃO E ACABAMENTO
GRÁFICA OCEANO

ROBERT LOUIS
STEVENSON

O médico e o MONSTRO

A ESTRANHA HISTÓRIA DO DOUTOR JEKYLL E DO SR. HYDE

TRADUÇÃO
LUCIANE GOMIDE

Lafonte

2021 - BRASIL

A HISTÓRIA DA PORTA

O sr. Utterson, advogado, era um homem de fisionomia séria, que nunca era iluminada por um sorriso; frio, seco e tímido ao falar; esguio, alto, grisalho, sombrio e ainda, de alguma forma, adorável. Em reuniões com amigos, e quando o vinho era do seu gosto, algo eminentemente humano iluminava seus olhos; algo que realmente nunca encontrara caminho em sua fala, mas que falava não apenas por meio dos símbolos silenciosos de seu semblante depois do jantar, mas, com mais frequência e em voz alta, dos atos de sua vida. Ele era austero consigo mesmo; bebia gim quando estava sozinho, para mortificar o gosto por vinhos de boas safras; e, embora gostasse de teatro, não cruzava as portas de um

S·G·Hulme Beaman

fazia vinte anos. No entanto, ele tinha uma tolerância assentida perante os outros; às vezes surpreendendo-se, quase com inveja, diante da grande pressão dos espíritos envolvidos em seus crimes; e, em qualquer situação extrema, era mais inclinado a ajudar do que a reprovar. "Eu tendo para a heresia de Caim", ele costumava dizer, estranhamente. "Deixo que meu irmão vá ao diabo da forma como lhe agradar mais." Desse modo, frequentemente tinha a sorte de ser o último conhecido respeitável e a última boa influência na vida de homens em decadência. E para essas pessoas, desde que surgissem em seu escritório, ele nunca notou uma sombra de mudança em seu comportamento.

Sem dúvida, essa façanha era fácil para o sr. Utterson, pois era retraído, na melhor das hipóteses, e até mesmo suas amizades pareciam fundadas em sua boa natureza. É a marca de um homem modesto aceitar seu círculo de amizades que lhe foi dado em virtude das oportunidades; e esse era o jeito do advogado. Seus amigos eram os de seu próprio sangue ou aqueles que ele conhecia há mais tempo; seus afetos, como a hera, vinham com o passar do tempo, e não implicavam nenhuma qualidade do objeto. Daí, sem dúvida, o vínculo que o unia ao sr. Richard Enfield, parente distante, homem conhecido da cidade. Era inconcebível para muitos o que esses dois podiam ver um no outro, ou que assunto eles poderiam ter em comum. Foi relatado por aqueles que os encontravam em suas caminhadas de domingo que não falavam nada, pareciam singularmente aborrecidos e saudavam com evidente alívio a aparição de um amigo. Mesmo assim, ambos davam grande valor a esses passeios, consideravam-nos a joia da semana, e não apenas abriam mão de momentos de prazer, assim como resistiam aos apelos dos negócios, para que pudessem desfrutá-los sem interrupções.

Por acaso, em um desses passeios, tomaram um caminho que os levou por uma rua secundária em um bairro movimentado de Londres. A rua era curta e tranquila, mas tinha um próspero comércio em dias de semana. Os moradores estavam todos indo bem, ao que parecia, e todos eram esperançosos de melhorar ainda mais, pois aplicavam o excedente de seus ganhos em gastos desnecessários; de modo que as fachadas das lojas ao longo daquela via tinham um ar de convite, como fileiras de vendedoras sorridentes. Mesmo no domingo, quando velava seus encantos mais floridos e ficava relativamente vazia, a rua brilhava em contraste com sua vizinhança sombria, como um incêndio em uma floresta; e com suas venezianas recém-pintadas, os caixilhos bem polidos, a limpeza geral e a alegria digna de nota, instantaneamente chamava a atenção dos passantes.

A duas portas da esquina, à esquerda, no lado leste, a linha era quebrada pela entrada de um pátio; e justamente naquele ponto um bloco sinistro de construção projetava seu frontão sobre a rua. Ele tinha dois andares; não mostrava nenhuma janela, nada além de uma porta no andar inferior e um frontão cego de parede descolorida no andar superior; e trazia em cada traço as marcas de uma negligência prolongada e sórdida. A porta, que não tinha campainha nem aldrava, estava descascada e desbotada. Os vagabundos se acomodavam na entrada e riscavam fósforos nos painéis; as crianças vendiam bugigangas nos degraus; algum estudante havia experimentado seu canivete nos batentes; e, por quase uma geração, ninguém aparecera para afastar esses visitantes indesejáveis ou para reparar os estragos.

O sr. Enfield e o advogado estavam do outro lado da rua, mas, quando chegaram perto da porta, o primeiro ergueu a bengala e apontou:

— Você já reparou naquela porta? — ele perguntou. E, quando seu companheiro respondeu afirmativamente, acrescentou: — Na minha cabeça, ela está conectada com uma história muito estranha.

— Verdade? — disse o sr. Utterson, com uma ligeira mudança de voz. — E o que seria?

— Bem, foi assim... — respondeu o sr. Enfield. — Eu estava voltando para casa de algum lugar no fim do mundo, por volta das 3 horas de uma escura madrugada de inverno, e meu caminho me levou por uma parte da cidade onde não havia nada além de lampiões. Rua após rua todos dormiam — rua após rua, tudo iluminado como para uma procissão e vazio como uma igreja —, até que finalmente entrei naquele estado mental em que um homem escuta, escuta, e começa a ansiar por encontrar um policial. De repente, vi duas figuras: um homenzinho que caminhava a passos largos rumo a leste e uma menina de talvez 8 a 10 anos que corria o mais rápido que podia por uma rua transversal. Bem, senhor, os dois se chocaram naturalmente na esquina. Então veio a parte horrível da situação, pois o homem pisoteou calmamente o corpo da menina e a deixou aos gritos no chão. Ouvir essa história não é nada, mas vê-la foi horrível. Não era um homem; era um maldito Juggernaut.[1] Gritei para ele, corri, agarrei-o pela gola e o trouxe de volta para onde já havia um bom grupo de pessoas sobre a criança aos gritos. Ele estava perfeitamente tranquilo e não resistiu, mas me mandou um olhar tão sinistro que me fez suar como se houvesse corrido. As pessoas que ali estavam eram da própria família da garota; e logo apareceu o médico, de cujo consultório ela acabara de sair. Bem, a criança não estava muito mal, mas estava assustada, de

1. Deus hindu, cujos seguidores têm o hábito de se jogar diante dos carros que o carregam nas procissões.

acordo com o doutor; e aí você poderia supor que a história estaria acabada. Mas houve uma circunstância curiosa. Eu tinha sentido certa repugnância do cavalheiro à primeira vista. Assim como a família da criança, o que era natural. Mas o médico me impressionou. Ele era o típico boticário comum, sem aparentar idade nem cor em particular, com um forte sotaque de Edimburgo e quase tão emocional quanto uma gaita de foles. Bem, senhor, ele era como o resto de nós; cada vez que ele olhava para o meu prisioneiro, eu notava que parecia ficar doente e pálido com o desejo de matá-lo. Sabia o que tinha em mente, assim como ele sabia o que eu tinha em mente; e, como matar estava fora de questão, fizemos o melhor que podíamos. Dissemos ao homem que poderíamos e faríamos daquele incidente um tal escândalo que seu nome impregnaria em Londres de uma ponta a outra. Se ele tivesse amigos ou qualquer crédito, nos comprometeríamos a que os perdesse. E o tempo todo, enquanto o mantínhamos acuado, deixávamos as mulheres longe dele o máximo que podíamos, pois elas pareciam selvagens como harpias. Nunca vi um círculo de rostos com tanto ódio; e lá estava o homem bem no meio, com uma espécie de frieza obscura e sarcástica — assustado também, eu podia ver —, mas levando tudo adiante, senhor, realmente como Satanás. "Se querem tirar proveito deste incidente", disse ele, "estou, naturalmente, impotente.

Não há cavalheiro que não deseje evitar escândalos. Digam o que querem".

"Bem, nós o apertamos até que cedeu cem libras para a família da menina; claramente ele preferiria não ter de fazer isso, mas havia algo muito desafiador em nós e, por fim, ele acatou. O próximo passo era pegar o dinheiro. E para onde você acha que ele nos levou senão para esse lugar, essa porta? Sacou uma chave, entrou e logo voltou com dez libras em ouro e um cheque ao portador no valor que faltava do banco Coutts,[2] assinado com um nome que não posso citar, embora esse seja um dos pontos altos da minha história, mas se trata de um nome muito conhecido e muitas vezes publicado na imprensa. O valor era alto, mas a assinatura valia muito mais se fosse autêntica. Tomei a liberdade de dizer ao meu cavalheiro que o negócio todo parecia apócrifo, e que um homem não entra, na vida real, pela porta de um porão às 4 horas da manhã e sai com um cheque de cem libras assinado por outro homem. Mas ele se manteve calmo e zombeteiro. "Não se preocupe", disse ele, "ficarei com você até que o banco abra e eu mesmo descontarei o cheque". Assim, partimos todos, o médico, o pai da menina, nosso amigo e eu, e passamos o resto da noite em meu escritório. Na manhã seguinte, depois de tomarmos o

2. Um dos bancos mais antigos do mundo, fundado em 1692, na Escócia.

café da manhã, fomos ao banco. Eu mesmo entreguei o cheque e disse que tinha todos os motivos para acreditar que era uma falsificação. Mas, ao contrário disso, o cheque era verdadeiro.

— Mas veja só! — disse o sr. Utterson.

— Percebo que se sente como eu — disse o sr. Enfield. — Sim, é uma história terrível. Pois o homem era um sujeito com o qual ninguém gostaria de se envolver, um homem realmente condenável; e quem assinou o cheque era alguém conhecido, aclamado, e — o que é pior — uma daquelas pessoas que dizemos que faz "o bem". Chantagem, suponho; um homem honesto pagando caro por alguma bobagem de sua juventude. Desse modo, agora, chamo esse lugar da porta de Casa da Chantagem. Mas saiba que mesmo isso está longe de explicar tudo — adicionou, e com essas palavras caiu em meditação.

Então, foi chamado pelo sr. Utterson, que lhe perguntou de repente:

— E o senhor não sabe se o portador do cheque mora aí?

— Um lugar provável, não é? — retornou o sr. Enfield. — Mas aconteceu de eu ter notado o endereço dele; ele mora em uma praça qualquer.

— E você nunca perguntou sobre o... lugar da porta? — questionou o sr. Utterson.

— Não, senhor, fui discreto — foi a resposta. — Sou

avesso a fazer perguntas, pois lembra o dia do juízo final. Faz-se uma pergunta e é como começar a movimentar uma pedra. Você se senta calmamente no topo de uma colina e a pedra se solta, movimentando outras; e logo algum velho sujeito (o último em que você teria pensado) leva uma pedrada na cabeça no próprio quintal e a família tem de mudar de nome. Não, senhor, faço disso uma regra minha: quanto mais estranho me parece, menos eu pergunto.

— Uma regra muito boa — disse o advogado.

— Mas eu mesmo estudei o lugar — continuou o sr. Enfield. — Não parece uma casa. Não há outra porta, e ninguém entra ou sai por ela, a não ser o cavalheiro da minha aventura, de vez em quando. Há três janelas no primeiro andar que dão para o pátio; nenhuma abaixo; as janelas estão sempre fechadas, mas estão limpas. Há uma chaminé geralmente fumegante, então alguém deve morar lá. E ainda não estou tão certo, pois os edifícios são tão aglomerados em torno do pátio, que é difícil dizer onde um termina e o outro começa.

A dupla caminhou novamente por um tempo em silêncio e então o sr. Utterson disse:

— Enfield, essa sua suposição é boa.

— Sim, acho que é — respondeu Enfield.

— Mas, por tudo isso — continuou o advogado —, há algo que eu gostaria de perguntar. Qual o nome do homem que pisoteou a menina?

— Bem — disse o sr. Enfield —, não vejo mal nenhum em lhe dizer. Era um homem chamado Hyde.

— Hummm! — disse o sr. Utterson. — Que tipo de homem ele deve ser?

— Ele não é fácil de descrever. Há algo estranho em sua aparência; algo desagradável, algo absolutamente detestável. Nunca vi um homem de quem tanto desgostasse, mas mal sei por quê. Ele deve ter alguma deformação; dá uma forte sensação de deformidade, embora eu não pudesse especificar onde. Ele é um homem de aparência incomum, mas eu realmente não consigo citar nada diferente. Não, senhor. Não consigo citar; não consigo descrevê-lo. E não é falta de memória; pois digo que consigo visualizá-lo neste momento.

O sr. Utterson caminhou em silêncio mais uma vez e obviamente sob o peso de alguma consideração.

— Tem certeza que ele usou uma chave? — ele perguntou por fim.

— Meu caro senhor... — começou Enfield, surpreso.

— Sim, eu sei — disse Utterson. — Sei que deve parecer estranho. O fato é que, se não perguntei o nome da outra parte, é porque já sei. Veja, Richard, sua história tem endereço certo. Se você foi inexato em algum ponto, é melhor corrigir-se.

— Acho que você poderia ter me avisado — respondeu o outro com um toque de mau humor. — Mas fui pedantemente exato, como você costuma falar. O sujeito tinha uma chave; e ainda a tem. Eu o vi usá-la há menos de uma semana.

O sr. Utterson suspirou profundamente, mas não disse uma palavra, e o jovem recomeçou:

— Aqui está outro motivo para não dizer nada — disse ele. — Tenho vergonha da minha língua comprida. Vamos fazer um trato de nunca mais nos referirmos a isso.

— De todo o meu coração — disse o advogado. — Apertemos as mãos para fechar esse acordo, Richard.

A BUSCA PELO SR. HYDE

Naquela noite, o sr. Utterson voltou para sua casa de solteiro com o humor abalado e sentou-se para jantar sem prazer. Era seu costume, aos domingos, quando acabava a refeição, sentar-se perto do fogo, um volume árido de teologia na mesa de leitura, até que o relógio da igreja vizinha soasse meia-noite, quando se recolhia no quarto sobriamente e grato. Nessa noite, no entanto, assim que o jantar foi retirado, ele pegou uma vela e foi para o escritório. Lá abriu o cofre, tirou da parte mais escondida dele um documento em cujo envelope estava escrito "Testamento do dr. Jekyll" e sentou-se com as sobrancelhas cerradas para estudar seu conteúdo. O testamento estava escrito à mão, pois o sr. Utterson, embora tivesse o documento em sua posse agora, recusara-se a dar a mínima ajuda em sua composição. Nele se previa não só que, no caso do falecimento de Henry Jekyll, doutor em medicina, em direito civil e em ciência jurídica, membro da sociedade real etc., todos os seus bens passassem para as mãos de seu "amigo e benfeitor Edward Hyde", mas também, no caso de "desaparecimento ou ausência inexplicada do dr. Jekyll por qualquer período superior a três meses", o supracitado Edward Hyde deveria assumir o lugar de Henry Jekyll sem demora e livre de qualquer ônus ou obrigação a não ser o pagamento de algumas pequenas quantias aos empregados do médico. Há muito tempo, esse documento havia se tornado um grande incômodo para o advogado. Ofendia-o tanto como advogado quanto como amante da racionalidade e dos bons costumes da vida, pois para ele o supérfluo era indecente. Até então era sua ignorância sobre quem era o sr. Hyde que o indignava; agora, de repente, conhecê-lo aumentava esse sentimento. Já era ruim o suficiente quando o nome era apenas um nome sobre o qual não sabia mais nada. Tornou-se pior quando começou a ser revestido de atributos detestáveis; e, das névoas inconstantes e insubstanciais que por tanto tempo haviam confundido sua visão, surgiu a repentina e definitiva figura de um espírito maligno.

— Achei que fosse uma loucura — disse ele, enquanto recolocava o documento repugnante no cofre —, e agora começo a temer que seja uma desgraça.

Com isso apagou a vela, vestiu um sobretudo e partiu em direção à Cavendish Square, a cidadela da medicina, onde seu amigo, o dr. Lanyon, morava e recebia seus inúmeros pacientes.

— Se alguém sabe de algo, é Lanyon — pensou ele.

O solene mordomo o conhecia e o recebeu bem. Não teve de aguardar sequer um instante e logo foi conduzido direto da porta de entrada para a sala de jantar, onde o dr. Lanyon estava sentado sozinho tomando vinho. Ele era um cavalheiro vigoroso, saudável, elegante, corado, com uma cabeleira prematuramente branca e modos impetuosos e decididos. Ao ver o sr. Utterson, saltou da cadeira e deu-lhe as boas-vindas com ambas as mãos. O entusiasmo, como era de seu costume, parecia um tanto teatral, mas era fruto de um sentimento genuíno. Os dois eram velhos amigos, velhos companheiros de escola e universidade, totalmente respeitadores de si mesmos e um do outro e, o que nem sempre resulta disso, homens que gostavam muito da companhia um do outro.

Depois de uma curta conversa paralela, o advogado abordou o assunto que tanto lhe preocupava a mente.

— Acredito, Lanyon — disse ele —, que sejamos os amigos mais antigos que Henry Jekyll tem, não acha?

— Eu gostaria que fôssemos os amigos mais jovens — riu o dr. Lanyon. — Mas suponho que sim. No entanto, vejo-o pouco hoje em dia.

— É mesmo? — disse Utterson. — Achei que tivessem interesses em comum.

— Tínhamos — foi a resposta. — Mas já faz mais de dez anos desde que Henry Jekyll se tornou muito fantasioso para mim. Ele começou a ter atitudes erradas, a pensar de forma duvidosa. Embora, é claro, eu continue a me interessar por ele em nome de nossa antiga amizade, como dizem, vejo muito pouco aquele homem. Essa bobagem não científica — acrescentou o médico, ficando vermelho de repente — teria afastado até mesmo Damão e Pítias.[3]

Essa pequena mostra de aborrecimento serviu de alívio para o sr. Utterson.

"Eles devem ter divergido apenas em alguma questão da ciência", pensou ele. E, como não era um homem de paixões científicas (exceto na questão de transferência de propriedades), ainda acrescentou: "Não é nada pior do que isso!". Ele deu ao amigo alguns segundos para recuperar a compostura e então abordou a questão que tinha ido tratar.

---

3. Personagens da mitologia grega, a lenda de Damão e Pítias conta que, acusado de tramar contra Dionísio I, Pítias é condenado à morte. Certo de sua sentença, pede para se despedir da família e deixa seu amigo Damão em seu lugar. Essa história simboliza a confiança e a lealdade da verdadeira amizade.

— Alguma vez você encontrou o protegido dele, um tal de Hyde? — ele perguntou.

— Hyde? — repetiu Lanyon. — Não. Nunca ouvi falar dele desde que o conheço.

Essa foi toda a informação que o advogado carregou consigo para a grande cama escura sobre a qual ele rolou de um lado para o outro, até as primeiras horas da manhã. Não foi uma noite muito fácil para sua mente laboriosa, labutando na escuridão, cercada de perguntas.

Os sinos da igreja tão convenientemente próxima à casa do sr. Utterson bateram as 6 horas, e ele ainda estava pensando naquela questão. Até então, só havia pensado no problema pelo lado intelectual, mas agora sua imaginação também estava engajada, ou melhor, escravizada. Enquanto ele se agitava na densa escuridão da noite e do quarto ladeado de cortinas, a história do sr. Enfield passou por sua mente em uma sucessão de imagens iluminadas. Ficou ciente da grande área de lampiões da cidade à noite; depois, da figura de um homem caminhando rapidamente; em seguida, de uma garota fugindo do consultório médico; e então do encontro de ambos, e daquele Juggernaut humano pisoteando-a e fugindo independentemente de seus gritos. Ou então ele via um quarto em uma casa rica, onde seu amigo dormia, sonhando e sorrindo com seus sonhos. De repente, a porta do quarto era aberta, as cortinas sobre a cama, afastadas, e quem dormia era acordado. Ao seu lado estava uma figura, a quem fora dado poder e, mesmo naquela hora da madrugada, o médico se levanta e faz o que ela manda. A figura nessas duas imagens perseguiu o advogado a noite toda. E, se a qualquer momento ele cochilasse, era apenas para vê-la deslizar mais furtivamente pelas casas adormecidas, ou mover-se mais velozmente, cada vez mais velozmente, até a vertigem, pelos labirintos mais largos da cidade iluminada por lampiões, em cada esquina chocando-se com uma criança e deixando-a aos gritos. Ainda assim, a figura não tinha rosto pelo qual ele pudesse conhecê-la. Mesmo em seus sonhos, não tinha rosto, ou tinha um rosto que o confundia e desaparecia diante de seus olhos. Foi assim que surgiu e cresceu rapidamente na mente do advogado uma curiosidade singularmente forte, quase exagerada, de contemplar as feições do verdadeiro sr. Hyde. Se ao menos pudesse colocar os olhos nele, acreditava que o mistério poderia se resolver e talvez desaparecer por completo, como acontecia com as coisas misteriosas quando bem examinadas. Ele via uma razão para a estranha preferência ou sujeição de seu amigo (chame como quiser) e até mesmo para as surpreendentes cláusulas do testamento. Pelo menos seria um rosto digno de ser visto: o rosto de um homem que não tinha entranhas para a misericórdia: um rosto que só precisava se mostrar para despertar, na mente sugestionável de Enfield, um sentimento de ódio duradouro.

Daquele momento em diante, o sr. Utterson começou a visitar aquela porta na rua das lojas. De manhã, antes do expediente; ao meio-dia, quando os negócios eram abundantes e o tempo escasso; à noite, sob a lua enevoada da cidade; sob todas as luzes e em todas as horas de solidão ou atribuladas, o advogado era visto em seu posto.

"Se ele for o sr. Hyde", pensou, "eu serei o sr. Seek.[4]"

E finalmente sua paciência foi recompensada. Era uma bela noite sem chuva e fria. As ruas tão limpas quanto o chão de um salão de baile; as lâmpadas, inabaláveis com a ação dos ventos, desenhavam um padrão regular de luz e sombra. Por volta das 10 horas da noite, quando as lojas já haviam fechado e a rua estava muito solitária e silenciosa, apesar do rosnado baixo de Londres por toda parte, sons baixos vinham de longe; sons domésticos vindos das casas próximas eram claramente audíveis do outro lado da rua, e o barulho da aproximação de qualquer pessoa os precedia com bastante antecedência. O sr. Utterson estava há alguns minutos em seu posto, quando percebeu que passos leves estranhos se aproximavam. No curso de suas patrulhas noturnas, ele havia se acostumado com o efeito único dos passos

---

4. Jogo de palavras, em inglês, entre *hide* (esconder) e *seek* (procurar).

de qualquer pessoa, que, ainda um pouco longe, repentinamente ficavam nítidos no vasto zumbido e algazarra da cidade. No entanto, sua atenção nunca antes tinha sido tão aguda e decisivamente atraída; e foi com uma previsão forte e supersticiosa de sucesso que ele se retirou para a entrada do pátio.

Os passos se aproximaram rapidamente e aumentaram quando chegaram ao final da rua. O advogado, olhando para a entrada, logo viu com que tipo de homem teria de lidar. Ele era pequeno e estava vestido com simplicidade. Sua aparência, mesmo àquela distância, o repelia fortemente. Ele foi direto para a porta, cruzando-a para economizar tempo; e, ao chegar, tirou uma chave do bolso como quem se aproxima de casa.

O sr. Utterson foi até ele e lhe tocou o ombro quando passou.

— Senhor Hyde, suponho?

O sr. Hyde recuou com uma inspiração sibilante. Mas seu medo foi apenas momentâneo. E embora não encarasse o advogado, respondeu friamente:

— Esse é meu nome. O que gostaria?

— Vejo que está entrando — respondeu o advogado. — Sou um velho amigo do dr. Jekyll. Sou Utterson, de Gaunt Street. Você deve ter ouvido falar de mim. Como o encontrei aqui, tão convenientemente, pensei que poderia me deixar entrar.

— O senhor não vai encontrar o dr. Jekyll agora. Ele não está em casa — respondeu o sr. Hyde, colocando a chave na fechadura. Então, de repente, mas ainda sem levantar o olhar: — Como o senhor me conheceu? — ele perguntou.

— Poderia, antes, me fazer um favor? — perguntou o sr. Utterson.

— Com todo o prazer — respondeu o outro. — O que seria?

— Me permitiria ver seu rosto? — perguntou o advogado.

O sr. Hyde pareceu hesitar, então, como que após uma súbita reflexão, encarou-o com um ar de desafio. Os dois se olharam fixamente por alguns segundos.

— Agora poderei reconhecê-lo em outra oportunidade — disse o sr. Utterson. — Pode ser útil.

— Sim — respondeu o sr. Hyde —, é bom que tenhamos nos conhecido. E, a propósito, o senhor deve saber também meu endereço. — E lhe deu um número de uma rua no Soho.

"Bom Deus!", pensou o sr. Utterson. "Será que ele também está pensando no testamento?" Mas guardou seus pensamentos para si e apenas grunhiu ao pegar o endereço.

— E agora — disse o outro —, como me conhece?

— Pela descrição — foi a resposta.

— Descrição de quem?

— Temos amigos em comum — disse Utterson.

— Amigos em comum — ecoou o sr. Hyde, um pouco áspero. — Quem são eles?

— Jekyll, por exemplo — disse o advogado.

— Ele nunca comentou de mim — exclamou o sr. Hyde, com uma onda de raiva. — Eu não imaginava que o senhor poderia mentir.

— Veja só — disse o sr. Utterson —, essa linguagem não é adequada.

O outro grunhiu alto e deu uma risada selvagem. No momento seguinte, com extraordinária rapidez, destrancou a porta e desapareceu para dentro de casa.

O advogado permaneceu imóvel por um tempo depois que o sr. Hyde o deixou; era a imagem da inquietação. Então, começou a subir lentamente a rua, parando a cada passo ou dois e colocando a mão na testa como um homem totalmente perplexo. O problema com que se debatia enquanto caminhava era de um tipo que raramente é resolvido. O sr. Hyde era pálido e tinha um aspecto de anão. Passava a impressão de deformidade sem nenhuma malformação identificável. Tinha um sorriso desagradável, e apresentara-se ao advogado com uma espécie de mistura assassina de timidez e ousadia. Falava com voz rouca, sussurrada e um tanto fraca. Todos esses pontos pesavam contra ele, mas nem todos eles juntos poderiam explicar o até então desconhecido desgosto, aversão e medo com que o sr. Utterson o considerava.

— Deve haver algo mais — disse o perplexo cavalheiro. — Existe algo mais. Se eu, pelo menos, conseguisse pensar em um nome para isso. Deus me proteja! O homem não parece humano! Algo como um troglodita, será? Ou se trata da velha história do dr. Fell?[5] Ou ainda é o mero esplendor de uma alma maligna que transpira pelos poros de seu envoltório de barro e o transfigura? Acredito que seja este último. Afinal, ó meu pobre e velho Henry Jekyll, se alguma vez li a assinatura de Satanás em um rosto, sem dúvida foi no de seu novo amigo.

Virando a esquina da rua transversal, havia uma praça de casas antigas e imponentes, agora em sua maioria decadentes e usadas como apartamentos e quartos para homens de todos os tipos e condições: gravadores de mapas, arquitetos, advogados duvidosos e agentes de empresas obscuras. Uma casa, entretanto, a segunda depois da esquina, ainda estava totalmente ocupada e, diante de sua porta, que tinha um grande ar de riqueza e conforto,

---

5. Referência a um epigrama de Marcial (38 d.C-102 d.C.), que, supostamente, fora traduzido por Tom Brown em 1680. Brown, prestes a ser banido da universidade à época pelo reitor John Fell, foi convocado a traduzi-lo. O texto original, em latim, dizia o seguinte:

Non amo te, Sabide, nec possum dicere quare.
Hoc tantum possum dicere: non amo te

Brown o traduziu da seguinte forma, fazendo referência a Fell:

"Eu não gosto de ti, Doutor Fell
A razão pela qual não posso dizer;
Mas isso eu sei, e sei muito bem,
não gosto de ti, Doutor Fell".

embora agora estivesse mergulhada na escuridão, exceto pela luz vinda da fresta superior, o sr. Utterson parou e bateu. Um empregado idoso e bem-vestido a abriu.

— O dr. Jekyll está, Poole? — perguntou o advogado.

— Vou verificar, sr. Utterson — disse Poole, permitindo ao visitante entrar em um grande e confortável salão de teto baixo e piso de madeira, aquecido por uma luminosa lareira (no estilo de uma casa de campo) e equipado com caros armários de carvalho.

— Você vai esperar aqui perto do fogo, senhor? Ou devo acender as luzes na sala de jantar?

— Aqui, obrigado — disse o advogado, aproximou-se e apoiou-se no guarda-fogo. A sala em que, agora, estava sozinho era a excentricidade favorita de seu amigo médico, e o próprio Utterson costumava falar dela como o cômodo mais agradável de toda a Londres. Mas essa noite sentiu um estremecimento em seu sangue. O rosto de Hyde pesava em sua memória. Sentiu (o que era raro para ele) uma náusea e um desgosto pela vida e, na tristeza de seu ânimo, parecia ver uma ameaça na luz bruxuleante da lareira sobre os armários polidos e nas inquietantes sombras no teto. Ele ficou envergonhado com o próprio alívio, quando Poole retornou para anunciar que o dr. Jekyll havia saído.

— Eu vi o sr. Hyde entrar pela porta da velha sala de dissecação, Poole — disse ele. — É assim mesmo, quando o dr. Jekyll não está em casa?

— Sim, sr. Utterson — respondeu o criado. — O senhor Hyde tem a chave.

— Seu patrão parece depositar grande confiança naquele jovem, Poole — retomou o outro, pensativo.

— Sim, senhor, é verdade — disse Poole. — Temos todas as ordens para obedecê-lo.

— Acho que nunca vi o sr. Hyde, ou o vi? — perguntou Utterson.

— Oh, meu caro, não, senhor. Ele nunca janta aqui — respondeu o mordomo. — Na verdade, nós o vemos muito pouco deste lado da casa. Ele entra e sai principalmente pelo laboratório.

— Bem, boa noite, Poole.

— Boa noite, sr. Utterson.

E o advogado voltou para casa com o coração muito pesado. "Pobre Henry Jekyll", pensou, "meus sentidos preveem que está com problemas! Era um selvagem quando jovem, há muito tempo, com certeza, mas, na lei de Deus, não há regras para isso. Sim, deve ser isso, o fantasma de algum pecado antigo, o câncer de alguma desgraça oculta: a punição chegando, *pede claudo*,[6] anos depois que a memória já se esqueceu e o amor-próprio o perdoou." E o advogado, assustado com o pensamento, meditou um pouco sobre o próprio passado, tateando

6. Expressão latina para "arrastar os pés".

em todos os cantos da memória, receando que alguma velha iniquidade de repente saltasse à luz. Seu passado era bastante irrepreensível; poucos homens podiam ler os pergaminhos da própria vida com menos apreensão. Ainda assim, ele foi intimamente humilhado pelas muitas coisas más que tinha cometido, e se elevou novamente em uma gratidão sóbria e temerosa pelas tantas que ele esteve tão perto de cometer, mas evitou. E então, voltando ao assunto anterior, ele viu acender mais uma vez uma centelha de esperança. "Esse senhor Hyde, se fosse bem estudado", pensou ele, "deve ter os próprios segredos, segredos obscuros, pelo jeito dele. Segredos comparados aos quais os piores segredos do pobre Jekyll seriam como a luz do sol. As coisas não podem continuar como estão. Sinto calafrios de pensar nessa criatura aproximando-se, como um ladrão, ao lado da cama de Henry. Pobre Henry, que despertar! E o perigo disso? Pois, se esse Hyde suspeitar da existência do testamento, poderá ficar ansioso pela herança. Sim, devo tomar uma atitude — se Jekyll permitir", e acrescentou: "se Jekyll permitir". Mais uma vez, ele viu na própria mente, tão claras quanto cristal, as estranhas cláusulas do testamento.

DR. JEKYLL ESTAVA BASTANTE À VONTADE

Quinze dias depois, por sorte, o médico ofereceu um de seus agradáveis jantares a cinco ou seis antigos amigos, todos homens inteligentes e respeitáveis e todos conhecedores de bons vinhos. O sr. Utterson arrumou uma maneira de ficar para trás quando todos se foram. Não se tratava de algo novo para ele, mas que acontecera muitas vezes. Onde Utterson era querido, ele o era muito. Os anfitriões adoravam segurar o reservado advogado depois que os despreocupados e falantes convidados já estavam com o pé na soleira da porta. Eles gostavam de sentar-se um pouco em sua companhia discreta, praticando para momentos de solidão, e acalmando a mente no rico silêncio do homem depois das exigências e dos esforços da alegria. O dr. Jekyll não era exceção a essa regra e, agora que ele estava sentado do outro lado da lareira — um homem alto, bem-feito, de rosto simpático, por volta de seus 50 anos, talvez um pouco malicioso, mas com todas as marcas da competência e da bondade —, via-se, em seu semblante, que nutria um afeto sincero e caloroso pelo sr. Utterson.

— Queria mesmo falar com você, Jekyll — começou o sr. Utterson. — Sabe o seu testamento?

Um observador atento poderia ter concluído que o assunto não lhe era desagradável, mas o médico continuou, tentando mostrar bom humor:

— Meu pobre Utterson — disse ele —, você não teve sorte com este cliente aqui. Nunca vi um homem tão angustiado como você com meu testamento. A menos que fosse aquele pedante dissimulado do Lanyon, que chama minhas experiências de heresias científicas. Oh, eu sei que ele é um bom sujeito — não precisa franzir a testa —, um excelente sujeito, e sempre quero tentar vê-lo mais vezes; mas, mesmo assim, é um pedante dissimulado; um pedante ignorante e descarado. Nunca fiquei tão decepcionado com alguém quanto fiquei com Lanyon.

— Você sabe que eu nunca aprovei isso — prosseguiu Utterson, desconsiderando implacavelmente o novo assunto.

— Meu testamento? Sim, certamente, eu sei — disse o médico, um pouco áspero. — Você me disse isso.

— Bem, estou dizendo novamente — continuou o advogado. — Soube de algumas coisas sobre o jovem Hyde.

O rosto largo e bonito do dr. Jekyll empalideceu até os lábios e uma escuridão surgiu em seus olhos.

— Não quero ouvir mais nada — disse ele. — Achei que havíamos concordado em não falar mais sobre esse assunto.

— O que ouvi é abominável — disse Utterson.

— Não fará nenhuma diferença. Você não entende a minha posição — respondeu o médico, com certa incoerência. — Estou em uma situação difícil, Utterson; minha posição é muito estranha — muito estranha. É um daqueles casos que não se pode corrigir em uma conversa.

— Jekyll — disse Utterson —, você me conhece. Sou um homem de confiança. Conte-me o que está acontecendo. Não tenho dúvida de que posso ajudá-lo com isso.

— Meu bom Utterson — disse o médico —, é muito bondoso de sua parte e não consigo encontrar palavras para agradecê-lo. Acredito totalmente em você. Confiaria mais em você do que em qualquer homem; mais até do que em mim mesmo, se pudesse escolher. Mas, na verdade, não é o que você imagina, não é tão ruim assim. E para que seu bom coração possa descansar, contarei uma coisa. Posso me livrar do sr. Hyde quando eu quiser.

Eu te dou minha palavra sobre isso! E agradeço novamente. Só vou acrescentar mais um detalhe, Utterson, que tenho certeza de que você vai aceitar bem: este é um assunto privado, e imploro que o deixe de lado.

Utterson refletiu um pouco, encarando o fogo.

— Não tenho dúvidas de que está totalmente certo — disse ele por fim, levantando-se.

— Bem, já que tocamos no assunto, e pela última vez, espero — continuou o médico —, há um ponto que eu gostaria que entendesse. Tenho realmente um grande interesse no pobre Hyde. Sei que você o viu. Ele me contou, e temo que ele tenha sido rude. Mas, sinceramente, nutro um grande interesse por aquele jovem. E, se eu me for, Utterson, quero que me prometa que o compreenderá e lutará pelos direitos dele. Acho que, se você soubesse de tudo, faria isso e tiraria um peso da minha consciência se me prometesse.

— Não posso fingir que gostarei dele — disse o advogado.

— Não estou pedindo isso — suplicou Jekyll, colocando a mão sobre o braço do amigo. — Peço apenas justiça. Peço apenas que o ajude em meu nome quando eu não estiver mais aqui.

Utterson deu um suspiro irreprimível.

— Bem — disse ele —, eu prometo.

O CASO DO ASSASSINATO DO SR. CAREW

Quase um ano depois, em outubro de 18..., Londres foi surpreendida por um crime de ferocidade singular e que se tornou ainda mais notável pela elevada posição da vítima. Os detalhes eram poucos e surpreendentes. Uma criada, que morava sozinha em uma casa não muito longe do rio, subira para o quarto por volta das 11 horas da noite. Embora uma névoa cobrisse a cidade na madrugada, o início da noite estava limpo, sem nuvens, e a rua, para a qual dava a janela do quarto, estava iluminada pela luz brilhante da lua cheia. Ao que parecia, ela era dada a romantismos, pois se sentou sobre o baú, que ficava imediatamente sob a janela, e caiu em uma meditação sonhadora. Nunca (ela costumava dizer, com lágrimas lhe escorrendo pelo rosto, ao narrar aquela experiência), nunca se sentira mais em paz com todos os homens ou pensara tão gentilmente no mundo. E, enquanto estava ali, percebeu um cavalheiro idoso, bem-apessoado e de cabelos grisalhos, aproximando-se ao longo da rua. E, avançando na direção dele, vinha outro cavalheiro muito pequeno, a quem, a princípio, ela prestou menos atenção. Quando eles começaram a falar (bem à vista da criada), o homem mais velho fez uma reverência e abordou o outro com muita polidez. Não parecia que o assunto de que tratava tivesse grande importância. Na verdade, pelo que se via, parecia, às vezes, que estava apenas perguntando sobre algum caminho. Mas a luz da lua iluminava seu rosto enquanto falava, e a moça ficou feliz em notá-lo. Ele parecia exalar uma bondade tão inocente e elegante, mas também um pouco de autoridade, como se fosse muito autoconfiante. Logo seus olhos se voltaram para o outro homem, e ela ficou surpresa ao reconhecer nele um certo sr. Hyde, que uma vez visitara seu patrão e por quem não concebeu simpatia alguma. Ele tinha na mão uma pesada bengala, com a qual estava brincando. Não respondeu uma só palavra, e parecia ouvir com uma impaciência incontida. Então, de repente, ele irrompeu em um grande ataque de raiva, batendo o pé no chão, brandindo a bengala e comportando-se (como a criada descreveu) como um louco. O homem mais velho deu um passo para trás, muito surpreso e um pouco ressentido. Com isso o sr. Hyde ultrapassou todos os limites e o derrubou no chão a golpes de bengala. No momento seguinte, com uma fúria animalesca, pisoteou a vítima e lhe desferiu uma tempestade de golpes, sob os quais os ossos se quebravam de forma audível até que o corpo foi jogado na rua. Com o horror dessas imagens e desses sons, a criada desmaiou.

Eram 2 horas da madrugada quando ela voltou a si e chamou a polícia. O assassino já havia ido fazia muito tempo, mas a vítima continuava no meio da rua, incrivelmente mutilada. A bengala com a qual a ação fora praticada, embora fosse de uma madeira rara, muito dura e pesada, quebrou-se ao meio sob a força daquela crueldade insensata. Uma parte da bengala rolou na sarjeta do outro lado. O restante dela, sem dúvida, fora levado pelo assassino. Uma carteira e um relógio de ouro foram encontrados com a vítima: mas nenhum cartão ou documento, exceto um envelope fechado e selado, que ele provavelmente estava levando para o correio e trazia o nome e o endereço do sr. Utterson.

O envelope foi entregue ao advogado na manhã seguinte, antes mesmo que tivesse levantado da cama. Mal viu e soube das circunstâncias, comentou de forma solene:

— Não direi nada até ver o corpo. Isso deve ser muito sério. Faça a gentileza de esperar enquanto eu me visto.

Com o mesmo semblante sério, apressou-se em seu desjejum e dirigiu-se até a delegacia de polícia, para onde o corpo fora levado. Assim que entrou, acenou com a cabeça dizendo:

— Sim — disse ele —, eu o reconheço. Lamento dizer que este é o sr. Danvers Carew.

— Meu Deus, senhor — exclamou o oficial —, é possível? — No momento seguinte seus olhos brilharam de ambição profissional. — Essa notícia fará muito estardalhaço — disse ele. — Talvez o senhor possa nos ajudar a descobrir quem é o culpado. — E ele narrou brevemente o que a criada havia visto, e mostrou a bengala quebrada.

O sr. Utterson já havia temido anteriormente ao ouvir o nome de Hyde, mas, quando a bengala foi colocada diante dele, não teve dúvidas. Mesmo quebrada e avariada como estava, ele a reconheceu como a mesma bengala que havia dado muitos anos antes a Henry Jekyll.

— Esse é sr. Hyde é um homem baixo? — ele perguntou.

— Particularmente baixo e de aparência particularmente maligna, segundo o que a criada descreveu — disse o oficial.

O sr. Utterson refletiu e, então, levantando a cabeça:

— Se quiser vir comigo — disse ele —, posso levá-lo até a casa dele.

Eram cerca de 9 horas da manhã e o primeiro nevoeiro da temporada já havia aparecido. Uma grande mortalha cor de chocolate baixou do céu, mas o vento carregava e dissipava continuamente esses vapores belicosos. Assim, enquanto o cabriolé se arrastava de rua em rua, o sr. Utterson observou um número maravilhoso de graus e matizes do crepúsculo; pois, se em um lugar estava escuro como o fim da tarde e havia um marrom lúgubre e brilhante, como a luz de alguma estranha conflagração, em outro, por um momento, a névoa se dissipava e um tímido feixe de luz do sol brilhava entre as nuvens. O sombrio Soho, sob esses vislumbres cambiantes, suas ruas enlameadas, transeuntes desleixados e lampiões que nunca eram apagados ou foram acesos novamente para combater esse penoso regresso da escuridão, parecia, aos olhos do advogado, um bairro de alguma cidade em um pesadelo. Além disso, seus pensamentos se tornavam cada vez mais tenebrosos. E, quando olhou para seu companheiro de investigação, tinha consciência desse toque de horror que a lei e os oficiais podem, às vezes, impelir até nos homens mais honestos.

Quando chegaram ao endereço indicado, a névoa se dissipou mais um pouco e mostrou uma rua suja, uma taverna, um restaurante francês barato, uma loja de quinquilharias e saladas de baixo custo, muitas crianças maltrapilhas amontoadas nas portas e mulheres de diversas nacionalidades passando, de chave na mão, rumo a tomar sua caneca de café. No momento seguinte a névoa retornou, marrom como o âmbar, e isolou-o de seus arredores sombrios. Essa era a casa do amigo preferido de Henry Jekyll, de um homem que era herdeiro de um quarto de milhão de libras esterlinas.

Uma velha de rosto marfim e cabelos prateados abriu a porta. Ela tinha um rosto perverso, suavizado pela hipocrisia, mas seus modos eram excelentes. Sim, ela disse, ali era a casa do sr. Hyde, mas ele não estava. Ele havia chegado muito tarde na noite anterior e saído novamente em menos de uma hora. Não havia nada de estranho nisso. Seus hábitos eram de fato muito irregulares e ele frequentemente se ausentava, por exemplo, ontem fazia quase dois meses que não o via.

— Muito bem, então, queremos ver os aposentos dele — disse o advogado. E, quando a mulher começou a declarar que era impossível, ele complementou: — Melhor eu dizer quem é esse homem. Esse é o inspetor Newcomen da Scotland Yard.

Um lampejo de odiosa alegria apareceu no rosto da mulher.

— Ah! — disse ela. — Ele está com problemas! O que foi que ele fez?

O sr. Utterson e o inspetor trocaram olhares.

— Ele não parece ser uma pessoa muito popular — observou o último. — E agora, minha boa mulher, deixe que eu e este cavalheiro possamos dar uma olhada.

De toda a casa, que, exceto pela presença da senhora, estava vazia, o sr. Hyde usava apenas alguns cômodos, mas eles eram decorados com luxo e bom gosto. Um armário era usado para vinhos; a bandeja era de prata, as toalhas e os guardanapos, elegantes; um bom quadro estava pendurado na parede, um presente (como supôs Utterson) de Henry Jekyll, que era um grande conhecedor de artes; e os tapetes eram grossos e de cores agradáveis. Nesse momento, porém, os aposentos traziam todos os sinais de terem sido mexidos às pressas e recentemente. As roupas estavam caídas no chão, com os bolsos do avesso; as gavetas com chave estavam abertas; e na lareira havia um amontoado de cinzas, como se muitos papéis tivessem sido queimados. Dessas brasas, o inspetor desenterrou a ponta de um talão de cheques verde, que resistira à ação do fogo; a outra metade da bengala foi encontrada atrás da porta; e, como isso consolidou suas suspeitas, o oficial se mostrou encantado. Ficou completamente satisfeito ao ir ao banco, onde descobriu que o sr. Hyde guardava ali um crédito de vários milhares de libras.

— Pode contar com isso, senhor: ele está em minhas mãos — disse ao sr. Utterson. — Ele deve ter perdido a cabeça, ou nunca teria deixado a bengala quebrada, mais ainda, queimado o talão de cheques. Ora, dinheiro é a vida desse homem. Basta esperarmos por ele no banco e distribuir panfletos sobre o crime.

Este último, entretanto, não foi tão fácil de realizar, pois o sr. Hyde tinha poucos familiares — até mesmo o patrão da criada só o tinha visto duas vezes. Sua família não pôde ser encontrada; ele nunca havia sido fotografado; e os poucos que poderiam descrevê-lo diferiam amplamente, como o fazem os observadores comuns. Eles concordaram apenas em um ponto: era a assustadora sensação de deformidade não identificada com a qual o fugitivo impressionava aqueles que o viam.

O INCIDENTE DA CARTA

Já era fim de tarde, quando o sr. Utterson chegou à porta do sr. Jekyll, onde foi imediatamente recebido por Poole e levado, através da cozinha e de um pátio que um dia fora um jardim, até o edifício que era conhecido tanto como laboratório quanto como salas de dissecação. O médico havia comprado a casa dos herdeiros de um famoso cirurgião; e, como seus gostos eram mais químicos do que anatômicos, mudou o propósito do prédio ao fundo do pátio. Foi a primeira vez que o advogado foi recebido naquela parte da propriedade do amigo. Ele olhou para a estrutura sombria e sem janelas com curiosidade e observou ao redor com uma sensação desagradável de estranheza enquanto cruzava o anfiteatro, antes lotado de alunos ansiosos e agora deserto e silencioso, com as mesas atulhadas de aparatos químicos, o chão coberto de caixotes e cheio de palha de embalagem e a luz caindo vagamente pela cúpula enevoada. Na outra extremidade, um lance de escadas conduzia a uma porta coberta por uma cortina vermelha pela qual o sr. Utterson foi finalmente recebido no gabinete do médico. Era uma grande sala equipada com armários de vidro e mobiliada, entre outras coisas, com um espelho móvel e uma mesa de trabalho. Três janelas empoeiradas e com grades de ferro davam vista para o pátio. O fogo queimava na lareira; uma lamparina estava acesa em cima da chaminé, pois mesmo dentro das casas a névoa começava a ficar densa; e lá, perto do calor, estava sentado o sr. Jekyll, parecendo mortalmente doente. Ele não se levantou para receber sua visita, mas estendeu a mão fria e deu-lhe as boas-vindas com uma voz diferente.

— E agora — disse o sr. Utterson, assim que Poole os deixou a sós —, ouviu as notícias?

O médico estremeceu.

— Estavam falando disso na praça — disse ele. — Eu ouvi da minha sala de jantar.

— Me responda uma coisa... — disse o advogado. — Carew era meu cliente, mas você também, e quero saber onde estou entrando. Você não ficou louco o suficiente para esconder esse sujeito, certo?

— Utterson, juro por Deus — exclamou o médico. — Juro por Deus que nunca mais o verei novamente. Dou-lhe minha palavra de honra de que cortei todos os laços com ele neste mundo. Está tudo acabado. E de fato ele não quer minha ajuda. Você não o conhece como eu. Ele está a salvo, ele está a salvo. Guarde minhas palavras, nunca mais se ouvirá falar dele.

O advogado ouviu melancolicamente. Ele não gostou dos modos febris de seu amigo.

— Você parece acreditar muito nele — disse. — E, para o seu bem, espero que esteja certo. Se o caso for a julgamento, seu nome poderá aparecer.

— Estou bem certo disso — respondeu Jekyll. — Tenho razões que não posso compartilhar com ninguém. Mas há uma coisa sobre a qual você pode me aconselhar. Eu... eu recebi uma carta e não sei se devo mostrá-la à polícia. Gostaria de deixá-la com você, Utterson. Tenho certeza de que a usará com sabedoria. Confio muito em você.

— Você teme, suponho, que isso possa levar à prisão dele? — perguntou o advogado.

— Não — respondeu o amigo. — Não sei se me importo com o que acontece com Hyde. Estou farto dele. Estava pensando em mim mesmo, pois fiquei muito exposto com esse caso.

Utterson refletiu sobre isso um pouco. Ele ficou surpreso com o egoísmo do amigo, mas aliviado também.

— Bem — disse ele, por fim —, deixe-me ver a carta.

A carta fora escrita com uma caligrafia estranha, reta, e estava assinada por "Edward Hyde". Em resumo, ela dizia que o benfeitor do signatário, dr. Jekyll, a quem ele havia tão indignamente recompensado por sua grande generosidade, não precisava se preocupar com a própria segurança, visto que possuía meios de fuga bastante confiáveis. O advogado gostou bastante da carta. Ela esclarecia mais a relação próxima entre os dois, fazendo-o se culpar por algumas de suas suspeitas anteriores.

— Você está com o envelope? — ele perguntou.

— Eu queimei — respondeu Jekyll —, antes de pensar no que estava fazendo. Mas não tinha carimbo dos correios. A carta foi entregue em mãos.

— Posso ficar com ela e refletir sobre o que fazer? — perguntou Utterson.

— Avalie a carta por mim — foi a resposta. — Já não confio em mim como antes.

— Bem, vou considerar isso — respondeu o advogado. — E mais uma coisa.... foi Hyde quem ditou os termos do testamento sobre seu desaparecimento?

O médico parecia prestes a desmaiar. Apertou os lábios com força e assentiu.

— Eu sabia — disse Utterson. — Ele pretendia matá-lo. Você teve sorte em escapar.

— Eu tive mais do que isso — respondeu o médico

solenemente. — Aprendi uma lição. Oh, Deus, Utterson, que lição eu tive! — E cobriu o rosto com as mãos por um momento.

Na saída, o advogado parou e falou uma ou duas palavras com Poole.

— A propósito — disse ele —, entregaram uma carta hoje. Como era o mensageiro? — Mas Poole tinha certeza de que só havia recebido correspondências pelos correios. — E apenas circulares — acrescentou.

A notícia renovou todos os temores do visitante. Obviamente, a carta chegara pela porta do laboratório. Possivelmente, tinha sido escrita no próprio gabinete; e, se foi assim, deveria analisar a situação de outra forma e tratá-la com mais cautela. Enquanto caminhava de volta, os vendedores de jornais gritavam até a rouquidão ao longo das calçadas: "Edição especial. Assassinato chocante de um membro do Parlamento". Essa era a oração fúnebre de um amigo e cliente. Ele não podia evitar certa apreensão de que o bom nome de outro amigo fosse sugado pelo redemoinho do escândalo. No melhor dos cenários, teria de tomar uma decisão bastante delicada. Mesmo tão autossuficiente como ele era, começou a sentir necessidade de pedir conselhos. Talvez não os pedisse diretamente, mas, ele pensou, pudesse consegui-los de modo casual.

Logo depois, sentou-se de um lado da lareira, com o

sr. Guest, seu assistente no escritório, do outro, a uma distância bem calculada do fogo, uma garrafa de um vinho particularmente envelhecido que há muito estava guardado nas fundações da casa. A névoa ainda estava adormecida acima da cidade abafada, onde as lâmpadas brilhavam como granadas. E, enquanto as nuvens abafavam, a procissão da vida na cidade continuava através das grandes artérias com o som de um vento forte. Mas a sala estava alegre com a luz do fogo. Na garrafa, os ácidos haviam saído há muito tempo, e a cor imperial havia se esmaecido, assim como as cores ficavam mais ricas nos vitrais. O brilho das tardes quentes de outono nos vinhedos das colinas estava pronto para ser liberado e dispersar a névoa de Londres. Sem perceber, o advogado foi relaxando. Não havia homem para quem tivesse contado tantos segredos quanto o sr. Guest, e ele nem sempre tinha certeza de que os guardava como esperava. Muitas vezes o sr. Guest havia ido à casa do médico para tratar de negócios. Ele conhecia Poole. Talvez tivesse ouvido sobre a familiaridade do sr. Hyde com a casa. Ele poderia tirar as próprias conclusões. Não seria bom, então, que ler uma carta que poderia ajudar a esclarecer aquele mistério? E ainda, visto que o sr. Guest era um grande estudioso e crítico da caligrafia, consideraria natural se assim o fizesse? Além disso, o assistente era bom em dar conselhos. Ele dificilmente leria um documento tão estranho sem fazer um comentário. Com essa observação o sr. Utterson pôde decidir o que fazer.

— É muito triste o que aconteceu com o sr. Danvers — disse ele.

— Sim, de fato. Despertou uma grande comoção pública — respondeu Guest. — O homem, é claro, estava louco.

— Gostaria de ouvir sua opinião sobre isso — respondeu Utterson. — Tenho um documento aqui com a letra dele. Fica entre nós, pois mal sei o que fazer a respeito. É um assunto muito sério, na melhor das hipóteses. Mas aí está... algo que é de seu interesse: a carta de um assassino.

Os olhos do sr. Guest brilharam. Ele se sentou imediatamente e estudou a carta com paixão.

— Não, senhor — disse ele —, ele não é louco, mas a caligrafia é muito estranha.

— E, segundo todos os relatos, é um escritor muito estranho — acrescentou o advogado.

Nesse momento, o criado entrou com um bilhete.

— Isso é do dr. Jekyll, senhor? — perguntou o assistente. — Acho que conheço a caligrafia. Algo em particular, sr. Utterson?

— Apenas um convite para jantar. Por quê? Você quer ver?

— Por um momento. Obrigado, senhor — e o assistente colocou as duas folhas de papel lado a lado e comparou seu conteúdo com cuidado. — Obrigado, senhor — ele disse finalmente, devolvendo-lhe ambos. — É uma caligrafia muito interessante.

Houve uma pausa, durante a qual o sr. Utterson lutou contra si mesmo.

— Por que você os comparou, sr. Guest? — ele perguntou de repente.

— Bem, senhor — respondeu o assistente —, há uma semelhança bastante peculiar. Em muitos pontos a letra é idêntica, apenas inclinada de forma diferente.

— Bastante esquisito — disse Utterson.

— É, como o senhor diz, bastante esquisito — respondeu o sr. Guest.

— Eu não falaria sobre essa carta com ninguém — disse o patrão.

— Não, senhor — respondeu o assistente. — Compreendo.

Assim que o sr. Utterson ficou sozinho naquela noite, trancou a carta em seu cofre, onde permaneceu daquele momento em diante.

"Como pode?", ele pensou. "Henry Jekyll forjar a carta de um assassino!" E seu sangue gelou nas veias.

O INCIDENTE DO DR. LANYON

O tempo passou e foram oferecidos milhares de libras em recompensa, pois a morte do sr. Danvers foi encarada como uma ofensa pública. No entanto, o sr. Hyde havia desaparecido do alcance da polícia como se nunca tivesse existido. Muitas notícias de seu passado foram desenterradas, de fato, e todas de má reputação: histórias da crueldade do homem, ao mesmo tempo tão insensível e violento; de sua vida vil, de seus estranhos cúmplices, do ódio que parecia ter cercado sua carreira. Porém, nada sobre seu paradeiro atual. Desde o momento em que saíra da casa no Soho, na manhã do assassinato, ele simplesmente desaparecera. Com o passar do tempo, o sr. Utterson começou a se recuperar do calor do escândalo e a ficar mais quieto consigo mesmo. A morte do sr. Danvers foi, em sua opinião, mais do que compensada pelo desaparecimento do sr. Hyde. Agora que aquela influência maligna havia sido extirpada, uma nova vida começara para o dr. Jekyll. Ele saiu da reclusão, reatou as relações com os amigos, voltou a ser seu convidado familiar e anfitrião, e, embora sempre tenha sido conhecido por suas obras de caridade, agora não era menos conhecido pela religião. Estava sempre ocupado, sempre na rua, trabalhava para o bem. Seu rosto parecia se abrir e iluminar, como se tivesse uma consciência interior de servir aos outros. Por mais de dois meses, o médico ficou em paz.

No dia 8 de janeiro, Utterson jantou na casa do médico com um pequeno grupo de amigos. Lanyon estava lá, e o rosto do anfitrião olhou de um para o outro como nos velhos tempos, quando os três eram inseparáveis. No dia 12, e novamente no dia 14, a porta fora fechada para o advogado.

— O médico está confinado em seus aposentos — disse Poole. — Não quer ver ninguém.

No dia 15, Utterson tentou novamente e, mais uma vez, não foi recebido. Como havia se acostumado nos últimos dois meses a ver seu amigo quase diariamente, achou esse retorno à solidão um peso sobre si. Na quinta à noite recebeu o sr. Guest para o jantar; e na sexta foi até a casa do dr. Lanyon.

Lá, pelo menos, foi recebido. Mas, quando entrou, ficou chocado com a mudança na aparência do médico. Havia uma sentença de morte impressa de forma legível em seu rosto. O homem rosado ficara pálido; sua carne havia sumido; ele estava visivelmente mais careca e mais velho; mas não foram esses sinais de uma rápida decadência física que prenderam a atenção do advogado, mas algo em seu olhar e nas maneiras que pareciam testemunhar um terror profundo da mente. Era improvável que temesse a morte, ainda assim foi disso que Utterson foi tentado a suspeitar. "Sim", pensou ele, "ele é médico, deve saber de seu estado e que os seus dias estão contados. Saber disso é mais do que ele pode suportar". Mesmo assim, quando Utterson comentou sobre sua aparência doentia, foi com muita firmeza que Lanyon se declarou um homem condenado.

— Tive um choque — disse ele —, e ainda não me recuperei. É questão de semanas. Bem, a vida foi agradável. Eu desfrutei dela. Sim, senhor, eu desfrutei. Às vezes, penso que, se soubéssemos de tudo, ficaríamos mais contentes em ir.

— Jekyll também está doente — observou Utterson. — Você o viu?

Mas o rosto de Lanyon mudou e ele ergueu a mão trêmula.

— Não desejo ver ou ouvir mais nada do dr. Jekyll —

disse ele em voz alta e frementе. — Estou farto dele e imploro que me poupe de qualquer alusão a alguém que considero morto.

— Está bem! — disse o sr. Utterson. E depois de uma pausa considerável: — Posso fazer algo? — ele perguntou. — Somos velhos amigos, Lanyon, e não viveremos muito mais para fazer outros.

— Nada pode ser feito — retornou Lanyon. — Pergunte a ele.

— Ele não vai me receber — disse o advogado.

— Não fico surpreso com isso — foi a resposta. — Algum dia, Utterson, depois que eu morrer, talvez você aprenda o certo e o errado nisso tudo. Eu não posso te contar. Enquanto isso, se puder se sentar e conversar comigo sobre outras coisas, pelo amor de Deus, fique e faça isso. Mas, se você não consegue evitar esse assunto maldito, então, em nome de Deus, vá, pois não posso tolerar.

Assim que chegou em casa, Utterson sentou-se e escreveu para Jekyll, reclamando de ter sido excluído de sua casa, e perguntando-lhe a causa da infeliz ruptura com Lanyon. O dia seguinte trouxe-lhe uma longa resposta, formulada muito pateticamente e, às vezes, obscuramente misteriosa. A briga com Lanyon não tinha solução.

"Não culpo nosso velho amigo", escreveu Jekyll, "mas concordo com sua decisão de nunca mais nos vermos.

Pretendo, doravante, levar uma vida de extrema reclusão. Não se surpreenda, nem duvide de minha amizade, se minha porta estiver frequentemente fechada até mesmo para você. Permita que eu siga meu caminho sombrio. Tenho sobre mim mesmo uma punição e um perigo que não posso nomear. Se eu sou o maior dos pecadores, também sou o maior dos sofredores. Nunca pensei que esta terra tivesse lugar para sofrimentos e terrores tão desumanos. E você só pode fazer uma coisa, Utterson, para aliviar esse destino, que é respeitar meu silêncio."

Utterson estava pasmo. Não havia mais a influência sombria de Hyde, mas o médico havia retornado às suas antigas atividades e amizades. Uma semana antes, a perspectiva sorria com todas as promessas de uma velhice alegre e honrada. E agora, de repente, amizade, paz de espírito e todo o sentido de sua vida haviam sido destruídos. Uma mudança tão grande e inesperada apontava para a loucura, mas, em vista do comportamento e das palavras de Lanyon, devia haver algo ainda mais profundo.

Uma semana depois, o sr. Lanyon caiu de cama e, em menos de quinze dias, faleceu. Na noite após o funeral, em que fora tristemente afetado, Utterson trancou a porta de seu escritório e, sentado à luz melancólica de uma vela, pegou e colocou diante de si um envelope endereçado à mão pelo seu amigo morto e com seu selo.

“Particular: exclusivamente para as mãos de J. G. Utterson e, caso ele morra antes de mim, deverá ser destruído sem que seja lido”, assim estava enfaticamente sobrescrito. O advogado temeu ver seu conteúdo. “Enterrei um amigo hoje”, pensou ele. “E se isso me custar outro?” Então ele afastou o medo como se fosse uma deslealdade e abriu o selo. Dentro havia outro envelope, igualmente selado, no qual estava escrito: “Não deve ser aberto até a morte ou o desaparecimento do dr. Henry Jekyll”. Utterson não podia acreditar no que seus olhos liam. Sim, era desaparecimento. Novamente, como naquele testamento louco, que ele havia devolvido ao autor, estavam a ideia de um desaparecimento e o nome de Henry Jekyll. Mas, no testamento, essa ideia surgiu da sugestão sinistra de Hyde. Havia sido colocada ali com um propósito muito claro e horrível. Mas escrita pela mão de Lanyon, o que significava? Uma grande curiosidade invadiu o advogado para que não considerasse a proibição e mergulhasse de uma vez no fundo desses mistérios. Mas a honra profissional e a fidelidade a seu amigo falecido eram obrigações estritas. Assim, o envelope dormia dentro de seu cofre particular.

Uma coisa é segurar a curiosidade, outra é vencê-la. E há dúvidas se, daquele dia em diante, Utterson desejou a companhia de seu amigo sobrevivente com a mesma avidez. Pensava nele com gentileza, mas seus pensamentos eram inquietos e temerosos. Ele o procuraria, de fato, mas talvez ficasse aliviado se não fosse recebido. Talvez, em seu coração, preferisse falar com Poole à soleira da porta e rodeado pelo ar e pelos sons da cidade aberta, a ser recebido naquela casa de servidão voluntária e sentar-se e conversar com seu recluso inescrutável. Poole não tinha, de fato, nenhuma notícia muito agradável para comunicar. O médico, ao que parecia, mais do que nunca confinava-se ao gabinete no laboratório, onde às vezes até dormia. Ele havia se tornado desanimado, muito calado, não lia mais. Parecia ter algo em mente. Utterson se acostumou tanto com o caráter invariável desses comunicados, que foi diminuindo aos poucos as tentativas de visitá-lo.

O INCIDENTE NA JANELA

Em um domingo, em outro de seus passeios habituais, o sr. Utterson e o sr. Enfield saíram sem querer à rua transversal e, ao chegarem próximo à porta, ambos pararam para olhar para ela.

— Bem — disse Enfield —, essa história pelo menos acabou. Nunca mais veremos o sr. Hyde.

— Espero que não — disse Utterson. — Já disse a você que uma vez o encontrei e compartilhei de sua sensação de repulsa?

— Era impossível encontrá-lo e não se sentir dessa forma — respondeu Enfield. — A propósito, você deve ter me achado um idiota por não saber que essa é a entrada dos fundos da casa do dr. Jekyll! Em parte, foi por sua causa que eu a descobri.

— Então você a descobriu, não é? — disse Utterson. — Se é assim, podemos entrar no pátio e dar uma olhada nas janelas. Para dizer a verdade, estou preocupado com o pobre Jekyll. Mesmo do lado de fora, sinto que a presença de um amigo possa lhe fazer bem.

O pátio estava muito frio, um pouco úmido e envolto por um crepúsculo prematuro, embora o céu, logo acima, ainda estivesse claro com o pôr do sol. Das três janelas, a do meio estava entreaberta, e Utterson viu, sentado próximo a ela, tomando ar com uma infinita tristeza no semblante, como um prisioneiro desconsolado, o dr. Jekyll.

— Olha! Jekyll! — exclamou. — Espero que esteja melhor.

— Estou muito mal, Utterson — respondeu o médico tristemente. — Muito mal mesmo. Mas não durará muito tempo, graças a Deus.

— Você fica muito tempo em casa — disse o advogado. — Deveria sair para estimular a circulação, como o sr. Enfield e eu. A propósito, este é meu primo, sr. Enfield. Venha agora, pegue seu chapéu e dê uma volta conosco.

— Você é muito bom — suspirou o outro. — Gostaria muito, mas não, não, não, é totalmente impossível. Não ouso. Mas, de fato, Utterson, estou muito feliz em vê-lo. É realmente um grande prazer. Eu convidaria você e o sr. Enfield para entrar, mas o lugar realmente não é adequado para recebê-los.

— Ora, então — disse o advogado, bem-humorado —, a melhor coisa que podemos fazer é ficar aqui e conversar com você de onde estamos.

— Isso é exatamente o que eu estava prestes a propor — respondeu o médico com um sorriso. Mas as palavras mal foram pronunciadas, e o sorriso foi arrancado de seu rosto e seguido de uma expressão de terror e desespero tão abjetos que congelou o sangue dos dois cavalheiros abaixo. Eles tiveram apenas um vislumbre daquela expressão, pois a janela foi imediatamente fechada. No entanto, havia sido suficiente. Então, viraram-se e deixaram o pátio sem dizer uma palavra. Também em silêncio, atravessaram a rua transversal e, apenas quando entraram em uma rua vizinha, onde mesmo em um domingo ainda havia alguma agitação, que o sr. Utterson finalmente se virou e olhou para o amigo. Ambos estavam pálidos e havia um horror em seus olhos.

— Deus nos perdoe, Deus nos perdoe — disse o sr. Utterson.

Mas o sr. Enfield apenas acenou com a cabeça muito sério e caminhou mais uma vez em silêncio.

A ÚLTIMA NOITE

Certa noite, após o jantar, sentado ao lado da lareira, o sr. Utterson ficou surpreso ao receber a visita de Poole.

— Deus, Poole, o que o traz aqui? — ele exclamou. Em seguida, olhou para ele novamente e complementou: — O que o aflige? O médico está doente?

— Sr. Utterson — disse o homem —, há algo errado.

— Sente-se aqui e tome uma taça de vinho — disse o advogado. — Agora, fique tranquilo e me conte claramente o que você quer.

— Você conhece os hábitos do doutor, senhor — respondeu Poole —, e como ele se enclausura. Bem, ele está trancado novamente no consultório e eu não gosto disso, senhor. Não gosto nada disso, senhor. Estou com medo.

— Meu bom homem — disse o advogado —, seja mais direto. Do que tem medo?

— Há cerca de uma semana estou assustado — respondeu Poole, ignorando obstinadamente a pergunta — e não aguento mais.

A aparência do homem confirmava plenamente suas palavras. Sua atitude mudou para pior e, exceto no momento em que anunciou seu terror, ele não olhou uma só vez o advogado nos olhos. Mesmo agora, ele havia se sentado com a taça de vinho intacta sobre os joelhos e dirigia os olhos para um canto do chão.

— Não aguento mais — repetiu ele.

— Vamos — disse o advogado —, vejo que você tem um bom motivo para se sentir assim, Poole. Vejo que há algo muito errado. Tente me dizer o que é.

— Acho que aconteceu algo terrível — disse Poole, com a voz rouca.

— Algo terrível! — exclamou o advogado, bastante assustado e inclinado a se irritar com isso. — O que seria tão terrível? O que quer dizer?

— Não ouso dizer, senhor — foi a resposta. — Mas venha comigo e verá por si mesmo.

A única resposta do sr. Utterson foi se levantar e pegar o chapéu e o sobretudo, mas ele observou com surpresa quão grande foi o alívio no rosto do mordomo e, talvez não menos surpreso, que o vinho não havia sido tocado quando o pousou na mesa para segui-lo.

Era uma noite fria e tempestuosa de março, com uma lua pálida, deitada de costas como se tivesse sido derrubada pelos ventos, enquanto pequenas nuvens diáfanas voavam. O vento dificultava a conversa e avermelhava o rosto. Além disso, havia tirado todos das ruas, as quais estavam anormalmente vazias de transeuntes. O sr. Utterson achava que nunca tinha visto aquela parte de Londres tão deserta. Poderia ter desejado o contrário; nunca na vida tivera tido um desejo tão forte de ver e tocar seus semelhantes. Por mais que lutasse, teve uma forte previsão de catástrofe imediata. A praça, quando lá chegaram, estava sendo atingida por fortes ventos e rajadas de poeira; as árvores finas do jardim batiam nas grades. Poole, que se mantivera um ou dois passos à frente, parou no meio da calçada e, apesar do mau tempo, tirou o chapéu e enxugou a testa com um lenço de bolso vermelho. Apesar de toda a pressa com que havia chegado ali, não foi o suor do esforço que ele enxugou, mas de alguma angústia sufocante, pois seu rosto estava pálido e sua voz, quando falou, áspera e quebrantada.

— Bem, senhor — disse ele —, cá estamos, e Deus queira que não haja nada de errado.

— Amém, Poole — disse o advogado.

Em seguida, o criado bateu de maneira muito cautelosa. A porta foi um pouco aberta e manteve-se atada pela corrente. Uma voz perguntou lá de dentro:

— É você, Poole?

— Está tudo bem — disse Poole. — Abra a porta.

O corredor, quando eles entraram, estava fortemente iluminado; o fogo estava alto na lareira, em volta da qual estavam reunidos todos os criados, homens e mulheres, amontoados como um rebanho de ovelhas. Ao ver o sr. Utterson, a governanta começou a choramingar histericamente, e a cozinheira gritou:

— Bendito seja Deus! É o sr. Utterson — e correu como se para tomá-lo em seus braços.

— O que está acontecendo? Por que estão todos aqui? — disse o advogado mal-humorado. — Muito irregular, muito impróprio. Seu patrão não ficaria nada satisfeito.

— Eles estão todos com medo — disse Poole.

Seguiu-se um silêncio vazio, sem que ninguém protestasse nada. Apenas a governanta ergueu a voz e agora chorava alto.

— Controle-se! — Poole disse a ela, com um tom feroz que mostrava seus próprios nervos à flor da pele. De fato, quando ela levantou tão repentinamente o tom de seu lamento, todos se sobressaltaram e se voltaram para a porta dos aposentos com o rosto em terrível expectativa.

— E agora — continuou o mordomo, dirigindo-se a um ajudante —, pegue uma vela para mim e façamos isso imediatamente. — Então ele implorou ao sr. Utterson para segui-lo e abriu o caminho para o jardim dos fundos.

— Agora, senhor — disse ele —, venha o mais silenciosamente que puder. Quero que ouça, mas não quero que seja ouvido. Veja, senhor, se por acaso ele o convidar para entrar, não vá.

Com estas últimas palavras inesperadas, os nervos do sr. Utterson deram um solavanco que quase o desequilibrou, mas ele recobrou a coragem e seguiu o mordomo até o laboratório, passando pela sala de cirurgia, com sua pilha de caixas e garrafas, até o pé da escada. Poole fez um gesto para que ele ficasse de lado e ouvisse, enquanto ele, pousando a vela no chão e fazendo um grande e óbvio esforço para tomar uma atitude, subiu os degraus e bateu com a mão um tanto insegura na porta coberta pela cortina vermelha do gabinete do médico.

— Sr. Utterson está pedindo para vê-lo — ele disse e, ao mesmo tempo, mais uma vez sinalizava veementemente para que o advogado ouvisse tudo.

Uma voz respondeu de dentro:

— Diga a ele que não posso ver ninguém — respondeu reclamando.

— Obrigado, senhor — disse Poole, com uma nota de triunfo na voz. Pegou a vela e conduziu o sr. Utterson de volta através do pátio até a grande cozinha, onde o fogo estava apagado e os insetos pulavam pelo chão.

— Senhor — disse ele, olhando-o nos olhos—, aquela era a voz do meu patrão?

— Parece que mudou muito — respondeu o advogado, muito pálido, mas olhando de volta.

— Mudou? Bem, sim, acho que sim — disse o mordomo. — Estou há vinte anos na casa desse homem, para me enganar com a voz dele? Não, senhor. O patrão foi morto. Deram um fim nele oito dias atrás, quando o ouvimos chamar pelo nome de Deus. E quem está lá no lugar dele, e por que está lá, é algo que clama aos céus, sr. Utterson!

— Essa história é muito estranha, Poole. Parece um conto de terror, meu bom homem — disse o sr. Utterson, mordendo o dedo. — Vamos supor que o que você supõe... que o dr. Jekyll tenha sido... bem, assassinado, o que poderia induzir o assassino a permanecer aqui? Isso não faz sentido. Não há razão alguma nisso.

— Bem, sr. Utterson, o senhor é um homem difícil de convencer, mas ainda conseguirei fazer isso — disse Poole. — Durante toda a última semana — o senhor deve saber —, ele, ou seja lá o que for que mora naquele consultório agora, tem chorado noite e dia por algum tipo de remédio que não consegue obter. Às vezes, era hábito dele — isto é, do patrão — escrever suas ordens em uma folha de papel e jogá-la na escada. Porém, não recebemos nada a não ser papéis e uma porta fechada. Até mesmo as refeições foram deixadas lá para que fossem pegas quando ninguém estivesse olhando. Bem, senhor, todos os dias, sim, e, às vezes, duas a três vezes no mesmo dia, havia pedidos e reclamações, e fui mandado a todas as empresas farmacêuticas atacadistas da cidade. Cada vez que eu trazia um material, havia outro papel me dizendo para devolvê-lo, porque não era puro, e outro pedido para uma empresa diferente. Seja qual for a finalidade, senhor, essa substância deve ser muito necessária.

— Você tem algum desses papéis? — perguntou o sr. Utterson.

Poole apalpou o bolso e pegou um bilhete amassado, que o advogado, inclinando-se para mais perto da vela, examinou cuidadosamente. Ele dizia assim: "Dr. Jekyll apresenta seus cumprimentos aos srs. Maw. E lhes garante que a última amostra enviada é impura e totalmente inútil para seu propósito atual. Em 18..., o sr. J. comprou uma quantidade considerável dos srs. M. e agora pede que procurem com o mais diligente cuidado um produto de mesma qualidade e encaminhem-no imediatamente. O valor não é problema. Isso é de extrema importância para o dr. J.". Até aqui, a carta tinha sido escrita com bastante compostura, mas então, com um súbito estalo da caneta, a emoção do escritor se dissipou: "Pelo amor de Deus, encontrem um pouco dessa amostra antiga".

— Esse bilhete é estranho — disse o sr. Utterson. Em seguida, acrescentou bruscamente: — Por que o abriu?

— O homem da Maw's estava muito bravo, senhor, e o jogou de volta em mim como se fosse lixo — respondeu Poole.

— Esta é, sem dúvida, a letra do médico, não? — retomou o advogado.

— Parece que sim — disse o criado um tanto amuado. Então, com a voz mudada, complementou: — Mas o que importa a letra? Eu o vi!

— Você o viu? — repetiu o sr. Utterson. Mas o viu bem?

— Sim, muito bem! — disse Poole. — Foi assim. Entrei de repente na sala de cirurgia quando vinha do jardim. Parece que ele tinha saído para procurar essa substância ou seja lá o que for, pois a porta do gabinete estava aberta e lá estava ele, na outra extremidade, mexendo nas caixas. Quando entrei, ele levantou os olhos, deu uma espécie de grito e disparou escada acima para o consultório. Eu o vi apenas por um minuto, mas meus cabelos se arrepiaram na cabeça como se fosse um ouriço. Senhor, se aquele era meu patrão, por que ele estava usando uma máscara no rosto? Se fosse meu patrão, por que gritou como um rato e fugiu de mim? Eu presto serviço a ele há tanto tempo. E depois... — O homem fez uma pausa e passou a mão no rosto.

— Todas essas circunstâncias são muito estranhas — disse o sr. Utterson —, mas acho que estou começando a ver melhor as coisas. Seu patrão, Poole, está claramente acometido de uma dessas doenças que torturam e deformam o sofredor. Daí, pelo que eu sei, a alteração de voz, a máscara e a fuga de seus amigos; daí sua ânsia de encontrar esse remédio, por meio do qual sua pobre alma mantém alguma esperança de recuperação. Deus queira que ele não esteja enganado! Essa é a minha explicação. É bastante triste, Poole, sim, e assustador. Mas é simples, natural e se encaixa bem, livrando-nos de todos os receios exorbitantes.

— Senhor — disse o mordomo, assumindo uma espécie de palidez manchada —, aquela coisa não era meu patrão, essa é a verdade. Meu patrão — ele olhou em volta e começou a sussurrar — é um homem alto e de boa postura, e o que vi era mais como um anão. — Utterson tentou protestar. — Oh, senhor — exclamou Poole —, acha que não conheço meu patrão depois de vinte anos? Acha que não sei onde bate a cabeça dele na porta do armário, na frente do qual o vi todas as manhãs da minha vida? Não, senhor, aquela coisa de máscara nunca foi o dr. Jekyll... Deus sabe o que era, mas jamais foi o dr. Jekyll. E tenho convicção, do fundo do coração, de que houve um assassinato.

— Poole — respondeu o advogado —, se você diz isso, será meu dever checar. Por mais que deseje poupar os sentimentos de seu patrão, por mais que esteja intrigado com esse bilhete, que parece provar que ele ainda está vivo, considerarei meu dever arrombar aquela porta.

— Ah, sr. Utterson, é isso mesmo! — exclamou o mordomo.

— E agora vem a segunda pergunta — resumiu Utterson. — Quem vai fazer isso?

— Ora, o senhor e eu — foi a resposta destemida.

— Muito bem — respondeu o advogado. — E aconteça o que acontecer, você não será prejudicado.

— Tem um machado no anfiteatro — continuou Poole. — E o senhor pode pegar o acendedor de fogo na cozinha.

O advogado pegou aquele instrumento rústico e pesado nas mãos, testando-o.

— Você sabe, Poole — disse ele, olhando para cima —, que estamos prestes a nos colocar em uma situação de perigo?

— Sim, senhor, de fato — respondeu o mordomo.

— Está bem, então devemos ser francos — disse o outro. — Nós dois pensamos mais do que dissemos. Sejamos sinceros. Essa figura mascarada que você viu, você a reconheceu?

— Bem, senhor, foi tão rápido, e a criatura estava tão curvada, que eu dificilmente poderia afirmar com certeza — foi a resposta. — Mas o senhor está perguntando se se tratava do sr. Hyde? Porque sim, eu acho que era! Veja, era quase do mesmo tamanho e tinha os mesmos modos rápidos e sorrateiros que ele. Quem mais poderia ter entrado pela porta do laboratório? Não se esqueça, senhor, de que na época do assassinato ele ainda tinha a chave. Mas isso não é tudo. Sr. Utterson, chegou a conhecer esse sr. Hyde?

— Sim — disse o advogado —, falei com ele uma vez.

— Então deve saber tão bem quanto nós que havia algo estranho naquele cavalheiro... Algo que provocava em quem o via uma sensação de... não sei bem como dizer, senhor... Mas era como sentir um frio na espinha.

— Admito que senti algo semelhante com o que descreveu — disse Utterson.

— Exatamente, senhor — respondeu Poole. — Bem, quando aquela coisa mascarada parecida com um macaco saltou do meio dos produtos químicos e fugiu para o consultório, senti um gelo na espinha. Ó, eu sei que não é uma prova, sr. Utterson. Já aprendi nos livros o suficiente para saber isso. Mas um homem tem seus sentimentos, e eu lhe dou minha palavra de que era o sr. Hyde!

— Ai, ai — disse o advogado. — Esse é o meu medo. Tenho receio de que todo o mal com certeza veio desse relacionamento entre eles. Sim, acredito em você. Eu acredito que o pobre Henry está morto e que seu assassino (com que propósito, só Deus poderá dizer) ainda está à espreita no quarto da vítima. Bem, que nosso nome seja vingança. Chame Bradshaw.

O empregado atendeu ao chamado e chegou muito pálido e nervoso.

— Controle-se, Bradshaw — disse o advogado. — Esse suspense, eu sei, está afetando todos vocês, mas agora é nossa intenção acabar com isso. Poole e eu vamos arrombar a porta. Se tudo estiver bem, meus ombros são largos o suficiente para eu carregar toda a culpa.

Contudo, se algo der errado ou se algum malfeitor tentar escapar pelos fundos, você e o criado vão dobrar a esquina com um bom par de pedaços de pau e assumirão seu posto na porta do laboratório. Daremos dez minutos para chegarem lá.

Quando Bradshaw saiu, o advogado olhou para o relógio.

— Agora, Poole, vamos fazer nossa parte — disse ele, colocando o acendedor debaixo do braço e liderando o caminho pelo pátio. As nuvens cobriam a lua e estava bastante escuro. O vento, que só soprava em rajadas e lufadas naquele pequeno poço formado pelo edifício, lançava a luz da vela para lá e para cá sobre os seus passos, até que chegaram ao abrigo do anfiteatro, onde se sentaram em silêncio e aguardaram. Londres zunia solenemente ao redor, mas, ali, o silêncio só era interrompido pelo som de passos movendo-se de um lado para outro no chão do consultório.

— Ele fica andando assim o dia todo, senhor — sussurrou Poole. — E grande parte da noite também. Ele só faz uma pequena pausa quando uma nova amostra chega. Ah, a consciência pesada é a grande inimiga do descanso! Ah, senhor, há sangue derramado em cada passo! Mas ouça novamente, um pouco mais de perto, coloque o coração nos ouvidos, sr. Utterson, e diga-me, parecem os pés do doutor?

Os passos eram leves e estranhos, com certo balanço, apesar de tão lentos. Eram de fato diferentes dos passos pesados e rangentes de Henry Jekyll. Utterson suspirou.

— Nunca acontece nada além disso? — ele perguntou.

Poole fez que sim com a cabeça.

— Uma vez — disse ele. — Uma vez eu o ouvi chorar!

— Chorar? Como assim? — disse o advogado, consciente de um súbito arrepio de horror.

— Chorava como uma mulher ou uma alma perdida — disse o mordomo. — Eu me afastei com aquilo no coração, para não chorar também.

Os dez minutos haviam chegado ao fim. Poole desenterrou o machado debaixo de um monte de palha. A vela estava sobre a mesa mais próxima para iluminá-los na hora do ataque. Com a respiração suspensa, eles se aproximaram de onde aqueles passos pacientes iam e viam, iam e vinham, no silêncio da noite.

— Jekyll — gritou Utterson em voz alta —, exijo vê-lo. — Parou por um momento, mas não houve resposta. — Devo avisá-lo de que suspeitamos de algo e preciso vê-lo — ele retomou. — Se não por sua boa vontade, então será pela força!

— Utterson — disse a voz —, pelo amor de Deus, tenha misericórdia!

— Ah, essa não é a voz de Jekyll... é a de Hyde! — gritou Utterson. — Arrombe a porta, Poole!

Poole passou o machado por cima do ombro; o golpe estremeceu o prédio e a porta coberta pela cortina vermelha saltou da fechadura e das dobradiças. Um grito sombrio, como de mero terror animal, soou do consultório. O machado ergueu-se novamente, e novamente a porta e o batente se soltaram; foram quatro golpes, mas a madeira era resistente e as ferragens de excelente qualidade. Apenas no quinto golpe a fechadura arrebentou e os destroços da porta caíram para dentro sobre o tapete.

Os dois, horrorizados com o estardalhaço que haviam feito e com a quietude que o sucedeu, recuaram um pouco e espiaram o gabinete: a luz silenciosa da lamparina, um bom fogo brilhando e crepitando na lareira, a chaleira cantando sua tênue canção, uma ou duas gavetas abertas, papéis cuidadosamente dispostos sobre a mesa de trabalho e, mais perto do fogo, a louça colocada para o chá. Naquela noite em Londres, parecia o aposento mais silencioso e comum, não fossem os vidros cheios de produtos químicos.

Bem no centro estava o corpo de um homem dolorosamente contorcido e ainda se contorcendo. Eles se aproximaram na ponta dos pés, viraram-no de costas e viram o rosto de Edward Hyde. Ele estava vestido com roupas grandes demais para ele, que serviriam no doutor. Seu rosto ainda se mexia, demonstrando a existência de vida, mas a vida já se fora; e, pelo frasco quebrado na mão e o forte cheiro de grãos que pairava no ar, Utterson sabia que estava olhando para o corpo de um suicida.

— Chegamos tarde demais — disse ele severamente —, para salvar ou punir. Hyde se foi por conta própria e só nos resta encontrar o corpo de seu patrão.

A maior parte do edifício era ocupada pelo anfiteatro, que tomava quase todo o andar térreo e era iluminado de cima, e pelo consultório, que formava um andar superior em uma extremidade e dava para o pátio. Um corredor ligava o anfiteatro à porta da rua transversal; e o consultório se comunicava diretamente com ele por um segundo lance de escadas. Havia ainda alguns cômodos escuros e um grande porão. Todos agora eram minuciosamente examinados. Cada cômodo precisava apenas de uma olhada, pois estavam vazios e, a contar pela poeira que caía de cima das portas, haviam permanecido fechados por muito tempo. O porão estava lotado de madeira, que eram, principalmente, da época do cirurgião que morara ali antes de Jekyll. Contudo, ao abrirem a porta, viram que seria inútil continuar as buscas, o que foi anunciado pela queda de um tapete tecido de teia de aranha que durante anos fechara a entrada. Não havia qualquer vestígio de Henry Jekyll, morto ou vivo, em lugar algum.

Poole saiu batendo os pés no chão do corredor.

— Ele deve estar enterrado aqui — disse ele, ouvindo o som que vinha do chão.

— Ou ele pode ter fugido — disse Utterson, virando-se para examinar a porta da rua transversal. Estava trancada e, caída próximo a ela, estava a chave, já manchada de ferrugem.

— Não parece ter sido usada ultimamente — observou o advogado.

— Usada! — ecoou Poole. — Não vê, senhor, que está quebrada? Como se um homem a tivesse pisado.

— Sim — continuou Utterson —, e as fissuras nela também estão enferrujadas. — Os dois homens se entreolharam assustados. — Isso está além da minha compreensão, Poole — disse o advogado. — Vamos voltar para o consultório.

Eles subiram as escadas em silêncio e, ainda lançando de vez em quando um olhar espantado para o cadáver, examinaram mais a fundo o conteúdo do consultório. Em uma mesa, havia vestígios de experimentos químicos e diversos montes de quantidades variáveis de um tipo de sal branco distribuídos em pires de vidro, como se para um experimento que o infeliz não conseguira concluir.

— Esse é o mesmo produto que eu sempre trazia para ele — disse Poole; e, enquanto ele falava, a chaleira fez o barulho característico de fervura.

Isso os levou até a lareira, onde a poltrona havia sido confortavelmente posicionada e a louça do chá estava pronta, inclusive com açúcar servido na xícara, ao alcance de quem se sentasse ali. Havia vários livros em uma estante. Um deles estava aberto ao lado da louça de chá, e Utterson ficou surpreso ao descobrir que era uma cópia de uma obra religiosa, pela qual Jekyll várias vezes expressou grande estima, anotada, com sua caligrafia, com blasfêmias surpreendentes.

Ainda verificando o cômodo, os dois foram até o espelho móvel, para cujas profundezas olharam com horror involuntário. O espelho estava virado de modo a não mostrar nada além do brilho rosado que brincava no telhado, o fogo cintilando em cem repetições ao longo do frontão envidraçado dos armários e seus semblantes pálidos e terrificados inclinando-se para olhar dentro dele.

— Este espelho deve ter visto coisas estranhas, senhor — sussurrou Poole.

— Certamente nada mais estranho do que ele mesmo — ecoou o advogado no mesmo tom. — O que Jekyll fez? — sobressaltou-se diante do que havia dito e, em seguida, vencendo a fraqueza, comentou: — O que Jekyll poderia querer com isso?

— Uma boa pergunta! — disse Poole.

Em seguida, eles se voltaram para a mesa de trabalho. Sobre ela, em meio à coleção organizada de papéis, ganhava destaque um grande envelope que trazia, escrito pelas mãos do médico, o nome do sr. Utterson. O advogado abriu o lacre e vários documentos caíram no chão. O primeiro era um testamento, redigido nos mesmos termos excêntricos daquele que Utterson havia devolvido seis meses antes, em caso de morte e como instrumento de doação em caso de desaparecimento, mas no lugar do nome de Edward Hyde, o advogado, com espanto indescritível, leu o nome de Gabriel John Utterson. Olhou para Poole, depois de volta para o documento e, por fim, para o malfeitor morto estendido sobre o chão.

— Minha cabeça está girando — ele disse. — Ele estava, todos estes dias, com o testamento. Ele não tinha motivo para gostar de mim. Deve ter ficado furioso ao se ver substituído, mas não destruiu o documento.

Ele pegou o próximo documento. Era uma nota breve escrita com a letra do médico e datada no cabeçalho da página.

— Poole! — o advogado gritou. — Ele estava vivo, aqui, hoje. Ele não pode ter sido assassinado em tão pouco tempo. Ele deve estar vivo ainda. Deve ter fugido! Mas por que fugiu? E como? E, nesse caso, podemos nos aventurar a declarar esta morte como um suicídio? Precisamos ter cuidado. Eu prevejo que ainda poderemos envolver seu patrão em alguma catástrofe terrível.

— Por que você não lê, senhor? — perguntou Poole.

— Porque tenho medo — respondeu o advogado solenemente. — Deus conceda que eu não tenha motivo para isso! — E com isso ele trouxe o papel aos olhos e leu o seguinte:

> "Meu caro Utterson, quando este bilhete lhe cair em mãos, terei desaparecido, sob quais circunstâncias não tenho como prever, mas meu instinto e todas as circunstâncias de minha situação inominável me dizem que o fim é certo e deve chegar logo. Assim, primeiro leia a narrativa que, Lanyon me avisou, lhe foi entregue

e, se quiser mais informações, saiba da confissão
de seu indigno e infeliz amigo,

HENRY JEKYLL."

— Há um terceiro documento? — perguntou Utterson.

— Aqui, senhor — disse Poole, e entregou em suas mãos um pacote considerável lacrado em vários lugares.

O advogado o colocou no bolso.

— Não fale nada sobre esse documento. Se seu patrão fugiu ou está morto, podemos pelo menos salvar sua reputação. Agora são 10 horas, preciso ir para casa e ler estes documentos em silêncio, mas estarei de volta antes da meia-noite, quando chamaremos a polícia.

Eles saíram, trancando a porta do anfiteatro atrás de si. Utterson mais uma vez deixou os empregados reunidos ao redor da lareira no salão e voltou penosamente para seu escritório para ler as duas narrativas que explicariam esse mistério.

A NARRATIVA DO DR. LANYON

Há quatro dias, no dia 9 de janeiro, recebi pela entrega da tarde um envelope registrado e endereçado pela mão do meu colega e antigo companheiro de escola Henry Jekyll. Fiquei bastante surpreso com isso, pois de modo algum tínhamos o hábito de nos corresponder. Eu o tinha visto, havia jantado com ele, na verdade, na noite anterior. Não podia imaginar nada em nossa relação que justificasse essa formalidade. O conteúdo aumentou minha surpresa, pois assim estava escrito na carta:

S·G·Hulme Beaman

10 de dezembro de 18_.
Querido Lanyon,

Você é um dos meus amigos mais antigos e, embora possamos ter divergido algumas vezes em questões científicas, não me lembro, pelo menos de minha parte, de qualquer rompimento em nossos laços de afeição. Nunca houve um dia em que, se você tivesse me dito "Jekyll, minha vida, minha honra, minha razão, depende de você", eu não teria sacrificado a mão esquerda para ajudá-lo. Lanyon, minha vida, minha honra, minha razão, estão todas à sua mercê. Se falhar comigo esta noite, estou perdido. Você pode supor, após este prefácio, que vou pedir-lhe algo desonroso. Julgue por si mesmo.

Quero que adie todos os outros compromissos desta noite. Sim, mesmo que você tenha sido convocado para a cabeceira do leito de um imperador. Alugue um cabriolé, a menos que sua carruagem esteja realmente à porta, e, com esta carta em mãos para que possa consultá-la, siga diretamente para minha casa. Poole, meu mordomo, tem minhas ordens. Ele o estará esperando na companhia de um chaveiro. A porta do meu consultório deverá então ser forçada e você deve entrar sozinho. Abra a porta de vidro do armário (letra E) à esquerda, quebrando a fechadura se estiver fechada. Retire de lá, junto com seu conteúdo da forma como estiver, a quarta gaveta de cima para baixo ou (o que é a mesma coisa) a terceira de baixo para cima. Em minha extrema perturbação mental, tenho um medo mórbido de desorientá-lo, mas, mesmo que eu esteja errado, você saberá qual é a gaveta certa por causa de seu conteúdo: alguns pós, um frasco e um livro. Imploro que leve essa gaveta com você para a Cavendish Square exatamente como está.

Essa é a primeira parte do favor, agora vamos para a segunda. Se sair logo após receber esta carta, provavelmente estará de volta bem antes da meia-noite. Mas deixarei essa margem de tempo, não apenas por medo de um daqueles obstáculos que não podem ser evitados nem previstos, mas é melhor que você faça o que falta em um horário em que seus criados já estarão na cama. Peço, então, que à meia-noite fique sozinho em seu escritório para receber um homem que se apresentará em meu nome e para o qual você entregará em mãos a gaveta que terá trazido de meu consultório. Assim, você terá cumprido sua parte e merecerá minha eterna gratidão. Cinco minutos depois, se você insistir em uma explicação, terá entendido que esses arranjos são de importância capital e que a negligência de um deles, por mais fantásticos que pareçam, poderá torná-lo responsável pela minha morte ou pelo fim de minha razão.

Mesmo confiante de que você não tratará este apelo de modo imprudente, meu coração se contrai e minhas mãos estremecem apenas de cogitar tal possibilidade. Pense em mim nesta hora, em um lugar estranho, empenhando-me sob a escuridão da angústia que nenhuma fantasia poderia exagerar, mas ciente de que, se você me atender pontualmente, meus problemas se desvanecerão como uma história depois que é contada. Ajude-me, meu querido Lanyon, e salve

Seu amigo,

H. J.

P.S.: Eu já havia selado esta carta quando um novo terror atingiu minha alma. É possível que o correio falhe comigo e esta carta só chegue às suas mãos amanhã de manhã. Nesse caso, querido Lanyon, cumpra a missão quando for mais conveniente para você no decorrer do dia. E, mais uma vez, espere meu mensageiro à meia-noite. Talvez já seja tarde demais e, se a noite passar sem nenhum acontecimento, você saberá que verá novamente *HENRY JEKYLL.*

Ao ler a carta, tive certeza de que meu colega havia enlouquecido, mas, até provar isso por completo, me senti obrigado a fazer o que ele pedira. Quanto menos eu entendia aquela enrascada, menos podia avaliar sua importância. E um apelo formulado daquela forma não poderia ser desprezado sem que lhe caísse grave responsabilidade. Levantei-me da mesa, entrei em um cabriolé e fui direto para a casa de Jekyll. O mordomo esperava minha chegada. Ele havia também recebido uma carta com instruções e imediatamente mandou chamar um chaveiro e um carpinteiro. Como eles chegaram enquanto ainda conversávamos, fomos juntos para a sala de cirurgia do velho dr. Denman, de onde (como você sem dúvida sabe) é possível acessar facilmente o gabinete de

Jekyll. A porta era muito resistente, a fechadura, excelente. O carpinteiro confessou que, se tivesse de usar a força, causaria muitos danos. O chaveiro quase entrou em desespero. Mas ele era um sujeito muito profissional e, após duas horas de trabalho, a porta se abriu. O armário marcado com a letra E não estava trancado. Tirei a gaveta, mandei enchê-la com palha e envolvê-la em um lençol. Então, fui com ela para a Cavendish Square.

Ao chegar, passei a examinar seu conteúdo. Os pós eram bem preparados, mas não com a exatidão de um farmacêutico, de modo que estava claro que fora Jekyll quem os preparara. Quando abri uma das embalagens encontrei o que me pareceu um simples sal branco cristalino. O frasco, para o qual voltei minha atenção em seguida, estava cheio pela metade com um líquido vermelho-sangue, com um cheiro muito azedo e parecia conter fósforo e um pouco de éter volátil. Quanto aos outros ingredientes, não sei dizer o que eram. O livro continha apenas o registro de uma série de datas. Essas datas cobriam um período de muitos anos, mas observei que as entradas haviam cessado quase um ano atrás e de forma bastante abrupta. Aqui e ali, um breve comentário fora anexado a uma data, geralmente não mais do que a palavra "duplo", anotada cerca de seis vezes de um total de centenas de entradas. Uma dessas anotações, bem no início da lista e seguida por vários pontos de exclamação, dizia "fracasso total". Embora tenha aguçado minha curiosidade, isso tudo pouco me disse de definitivo. Ali havia um frasco com um pouco de sal e o registro de uma série de experimentos que não levaram (como muitas das investigações de Jekyll) a nenhuma utilidade prática. Como a presença desses artigos em minha casa poderia afetar a honra, a razão ou a vida de meu colega frívolo? Se o mensageiro podia ir para um lugar, por que não poderia ir para outro? E, mesmo admitindo algum impedimento, por que esse senhor tinha de ser recebido por mim em segredo? Quanto mais eu refletia a respeito, mais me convencia de que estava lidando com um caso de doença mental. E, embora tivesse dispensado meus criados mais cedo, carreguei um velho revólver para que pudesse ter como me defender se preciso fosse.

A meia-noite soava em Londres quando ouvi a aldrava sendo batida muito suavemente contra a porta. Fui eu mesmo atender à porta e encontrei um homem baixo encostado nas colunas do pórtico.

— Veio por parte do dr. Jekyll? — perguntei.

Ele disse que sim com um gesto contido e, quando eu o mandei entrar, ele o fez apenas depois de lançar um olhar penetrante para a escuridão da praça. Havia um policial não muito longe que avançava com a forte luz de sua lanterna. Quando o viu, achei que meu visitante se sobressaltou e se apressou para entrar.

Esses detalhes me impressionaram, confesso, de forma desagradável e, enquanto o seguia até a luz do consultório, mantive a mão em minha arma. Então, por fim, tive a chance de vê-lo claramente. Eu nunca tinha posto os olhos nele antes, isso era certo. Ele era pequeno, como disse. Além disso, fiquei surpreso com a expressão chocante de seu rosto, assim como com a notável combinação de grande atividade muscular e a aparente debilidade física. E, por último, mas não menos importante, com a estranha perturbação subjetiva causada por sua presença. Ele causava algo parecido com um calafrio incipiente e era acompanhado por uma acentuada baixa de pressão. Na época, atribuí isso a uma aversão pessoal particular e apenas me atentei à intensidade dos sintomas, mas, desde então, tive motivos para acreditar que a causa era muito mais profundamente em razão da natureza do homem e se relacionava a algo bem mais nobre do que apenas um sentimento de ódio.

Essa pessoa (que desde o primeiro momento havia causado em mim o que só posso descrever como uma curiosidade maléfica) estava vestida de uma forma que teria tornado uma pessoa comum risível. Suas roupas, embora fossem de tecido rico e sóbrio, eram grandes demais para ele – as calças enroladas nas pernas para não se arrastarem no chão, a cintura do casaco abaixo de suas ancas e a gola larga sobre os ombros. Por mais estranho que pareça, essas roupas ridículas estavam longe de me levar ao riso. Em vez disso, como havia algo anormal e estranho na própria essência da criatura, que agora me encarava - algo arrebatador, surpreendente e revoltante -, essa nova disparidade parecia se encaixar nela e reforçá-la, de forma que, ao meu interesse pela natureza e pelo caráter daquele homem, foi acrescentada uma curiosidade sobre a sua origem, sua vida, seu destino e sua posição no mundo.

Essas observações, embora tenham ocupado um grande espaço para serem registradas, foram obra de alguns segundos. Meu visitante estava, de fato, tomado por uma excitação sombria.

— Você conseguiu? — ele perguntou. — Conseguiu? — E tão viva era sua impaciência que até mesmo segurou meu braço pela mão e tentou sacudi-lo.

Eu o afastei, consciente de que seu toque havia gelado meu sangue nas veias.

— Venha, senhor — disse. — Ainda não tive o prazer de conhecê-lo. Sente-se, por favor.

Para que me seguisse, sentei-me em minha cadeira habitual e fiz uma imitação muito fiel de minhas maneiras comuns para com um paciente, à medida do que era possível àquela hora, pela natureza de minhas preocupações e pelo horror que sentia com meu visitante.

— Peço perdão, dr. Lanyon — ele respondeu educadamente. — O que o senhor diz é muito correto. Minha impaciência se sobrepôs à minha educação. Venho aqui a pedido de seu colega, dr. Henry Jekyll, para tratar de um assunto de certa importância. Entendi que... — Ele fez uma pausa e colocou a mão na garganta e pude ver, apesar de sua maneira calma, ele lutava contra a aproximação da histeria. — Entendi que uma gaveta...

Mas nesse momento tive pena do meu visitante e, talvez, de minha curiosidade crescente.

— Aí está, senhor — disse eu, apontando para a gaveta, que estava no chão atrás de uma mesa e ainda coberta com o lençol.

Ele saltou na direção da gaveta, mas então parou e colocou a mão sobre o coração. Eu podia ouvir o ranger de seus dentes com a ação convulsiva de suas mandíbulas. Seu rosto estava tão atormentado de ver que temi tanto por sua vida quanto por sua razão.

— Recomponha-se — disse.

Ele me dirigiu um sorriso terrível e, com uma decisão desesperada, arrancou o lençol. Ao ver o conteúdo, ele soltou um soluço alto de imenso alívio, deixando-me petrificado. No momento seguinte, com uma voz já razoavelmente sob controle:

— O senhor tem um copo graduado? — ele perguntou.

Eu me levantei com certo esforço e entreguei-lhe o que havia pedido.

Ele me agradeceu com um aceno sorridente, mediu algumas gotas do líquido vermelho e adicionou um dos pós. A mistura, que a princípio tinha uma tonalidade avermelhada, começou a ficar mais brilhante, a efervescer de forma audível e a liberar pequenos vapores, à medida que os cristais se dissolviam. De repente, a ebulição cessou e a mistura ficou roxo-escura, que lentamente se tornou verde-água. Meu visitante, que assistira a essas metamorfoses com olhos aguçados, sorriu, pousou o copo sobre a mesa e, em seguida, virou-se e olhou para mim perscrutando-me.

— E agora — disse ele —, para resolvermos o que falta. O senhor será sensato? Fará o que é mais adequado? Permitirá que eu pegue esse copo e saia de sua casa sem mais perguntas? Ou a avidez da curiosidade não o deixará fazer isso? Pense antes de responder, pois farei conforme o que decidir. Se quiser, tudo ficará como era antes, o senhor não será nem mais rico nem mais sábio, a menos que a vontade de fazer um favor a um homem em aflição mortal possa ser considerada uma espécie de riqueza da alma. Ou, se preferir, um novo terreno de conhecimento e novos caminhos para a fama e o poder será aberto para o senhor, aqui, nesta sala, neste instante. Sua visão será dissuadida por um prodígio que cambalearia a incredulidade de Satanás.

— Senhor — disse eu, fingindo uma frieza que estava longe de ter na verdade —, o senhor fala por enigmas, e talvez não se surpreenda por ouvi-lo sem muita fé. Mas fui longe demais ao atender a favores inexplicáveis para parar agora.

— Pois bem — respondeu meu visitante. — Dr. Lanyon, o senhor se lembra de seus votos: o que se seguirá deverá estar sob o sigilo de sua profissão. E agora, o senhor, que por tanto tempo esteve preso a pontos de vista estreitos e materiais, que negou a força da medicina transcendental, que ridicularizou seus superiores, veja!

Ele levou o copo aos lábios e bebeu o líquido de um gole só. Um grito se seguiu. Ele cambaleou, cambaleou, agarrou-se à mesa e segurou-se, olhando com olhos injetados, ofegando com a boca aberta. Enquanto o olhava, achei que uma mudança estava ocorrendo. Ele parecia inchar. Seu rosto ficou repentinamente preto e as feições pareciam se dissolver e se alterar. No momento seguinte, eu me levantei com um salto contra a parede. Ergui os braços para me proteger daquele fenômeno, com a mente submersa em terror.

— Ó Deus! — Eu gritei. — Ó Deus! — de novo e de novo, pois ali, diante de meus olhos, pálido e trêmulo, quase desfalecido e tateando diante de si como um homem renascido da morte, estava Henry Jekyll!

Não consigo escrever no papel o que ele me disse depois disso. Eu vi o que vi, ouvi o que ouvi e minha alma adoeceu com isso. No entanto, agora que aquela visão desapareceu de meus olhos, me pergunto se acredito nela e não consigo responder. Minha vida foi abalada até as raízes; o sono me deixou; o terror mais mortal me segue a qualquer hora do dia e da noite, e sinto que meus dias estão contados, que devo morrer, e que morrerei incrédulo. Quanto à torpeza moral que aquele homem me revelou, mesmo que com lágrimas de penitência, não consigo, nem mesmo em pensamento, fixar-me nela sem um sobressalto de horror. Direi apenas uma coisa, Utterson, e isso (se conseguir acreditar) será mais do que suficiente. A criatura que entrou sorrateiramente em minha casa naquela noite era, segundo a própria confissão de Jekyll, conhecida pelo nome de Hyde e estava sendo caçada em todos os cantos da terra como o assassino de Carew.

HASTIE LANYON

DECLARAÇÃO COMPLETA DO CASO DE HENRY JEKYLL

Eu nasci no ano de 18... para uma grande fortuna, bem-dotado fisicamente, inclinado por natureza para o trabalho, interessado no respeito dos sábios e bons próximos, tendo assim, como se poderia supor, todas as garantias de um futuro honrado e distinto. De fato, o pior de meus defeitos foi certa alegria impaciente de ânimo, que faria a felicidade de muitos, mas que achei difícil de conciliar com meu desejo imperioso de ter a cabeça erguida e um semblante mais sério do que comumente se tem perante o público. Então, passei a esconder meus prazeres, e, quando cheguei à época de reflexão e comecei a observar ao meu redor e fazer um balanço do meu progresso e da minha posição no mun-

S·G·Hulme Beaman

do, já estava comprometido com uma profunda duplicidade de vida. Muitos homens teriam se vangloriado das irregularidades de que eu era culpado, mas diante das ideias que eu havia proposto a mim mesmo, eu as contemplava e escondi com uma sensação quase mórbida de vergonha. Portanto, foi mais a natureza exigente de minhas aspirações do que qualquer degradação particular de minhas faltas que me tornou o que eu era e, com uma trincheira ainda mais profunda do que aquela da maioria dos homens, separou em mim o bem e o mal que dividem e compõem a natureza dual do homem. Nesse caso, fui levado a refletir profunda e inveteradamente sobre essa dura lei da vida, que está na raiz da religião e é uma das fontes mais abundantes de angústia. Embora tão dual, eu não era um hipócrita; meus dois lados eram muito verdadeiros. Eu não era mais eu mesmo quando colocava de lado as restrições e mergulhava na vergonha do que quando trabalhava, à luz do dia, no avanço do conhecimento ou no alívio da tristeza e do sofrimento. E, por acaso, a direção de meus estudos científicos, que conduziam totalmente ao místico e ao transcendental, reagiu e lançou uma luz intensa sobre essa consciência da guerra perene entre meus membros. A cada dia, e de ambos os lados de minha inteligência, o moral e o intelectual, eu me aproximava cada vez mais dessa verdade, por cuja descoberta parcial fui condenado a uma queda tão terrível: o homem não é verdadeiramente um, mas verdadeiramente dois. Digo dois, porque o estado de meu conhecimento não vai além desse ponto. Outros me seguirão, outros me ultrapassarão nessa mesma linha; e arrisco a supor que o homem será, um dia, conhecido como um conjunto de cidadãos multifacetados, incongruentes e independentes. Eu, de minha parte, em virtude da natureza da minha vida, avancei infalivelmente em uma direção, e apenas em uma só direção. Foi no lado moral, e em minha própria pessoa, que aprendi a reconhecer a dualidade completa e primitiva do homem. Vi que, das duas naturezas que disputavam no campo de minha consciência, mesmo que eu pudesse ser considerado uma delas, isso ocorria apenas porque eu era radicalmente ambas. Desde muito cedo, mesmo antes de o curso de minhas descobertas científicas começar a sugerir a mais nua possibilidade de tal milagre, aprendi a me deter com prazer, como um querido devaneio, na separação desses elementos. Se cada um, dizia a mim mesmo, pudesse ser alojado em identidades separadas, a vida seria aliviada de tudo o que era insuportável. O injusto poderia seguir seu caminho, livre das aspirações e do remorso de seu irmão gêmeo mais correto, e o justo poderia caminhar firme e seguramente em seu caminho ascendente, colocando em prática as boas ações que lhe dão prazer, e não mais exposto à desgraça e penitência pelas mãos daquele mal exterior. Foi a maldição da humanidade que esses dois feixes incongruentes fossem assim unidos – que, no ventre agonizante da consciência, aqueles gêmeos polares lutassem continuamente. Como, então, eles foram dissociados?

Eu estava tão longe em minhas reflexões quando, como já disse, uma luz lateral começou a iluminar o assunto da mesa do laboratório. Comecei a perceber, mais profundamente do que já declarei, a imaterialidade trêmula, a transitoriedade confusa desse corpo aparentemente tão sólido o qual vestimos e usamos para nos deslocar. Descobri que certos agentes têm o poder de agitar e retirar essa vestimenta carnal, da mesma forma que o vento balança as cortinas de um pavilhão. Por duas boas razões, não vou me delongar nessa vertente científica de minha confissão. Primeiro, porque aprendi que a desgraça e o fardo de nossa vida estão para sempre sobre os ombros do homem e, quando se tenta rejeitá-los, eles voltam sobre nós com um peso mais estranho e terrível. Em segundo lugar, porque, como minha narrativa infelizmente tornará muito evidente, minhas descobertas foram incompletas. É suficiente, então, dizer que eu não apenas reconheci meu corpo natural como mera aura e refulgência de alguns dos poderes que constituem meu espírito, mas também consegui produzir uma substância que destronava esses poderes de sua supremacia e fazia surgir uma segunda forma e semblante modificado, não menos naturais para mim, pois eram a expressão e a marca dos elementos mais inferiores de minha alma.

Hesitei muito antes de aplicar essa teoria na prática. Eu bem sabia que corria o risco de morrer, pois qualquer substância que controlasse e abalasse de forma tão potente a própria fortaleza da identidade poderia, pelo mínimo erro em sua dosagem ou por tomá-la de maneira não recomendada, apagar completamente aquele tabernáculo imaterial que eu esperava que ela conseguisse alterar. Mas a tentação de uma descoberta tão singular e profunda finalmente venceu os sinais de perigo. Há muito eu havia preparado minha mistura. Comprei imediatamente, de uma empresa farmacêutica atacadista, uma grande quantidade de determinado sal, que sabia, por minhas experiências, ser o último ingrediente necessário. Tarde, numa noite maldita, eu misturei os elementos, observei-os ferver e fumegar juntos no copo e, quando a ebulição parou, com um enlevo de coragem, bebi a solução.

Vieram, então, as dores mais angustiantes: fratura nos ossos, uma náusea mortal e um horror espiritual que não pode ser superado na hora do nascimento ou da morte. Então essas agonias começaram a ceder rapidamente e voltei a mim como se tivesse saído de uma grande enfermidade. Havia algo estranho em minhas sensações, algo indescritivelmente novo e, em virtude dessa novidade, incrivelmente bom. Eu me senti mais jovem, mais leve, mais feliz fisicamente. Internamente, estava consciente de uma imprudência inebriante, uma corrente de imagens sensuais desordenadas corria em minha imaginação, uma dissolução dos laços da obrigação, uma liberdade desconhecida, mas não inocente, da alma. Eu me reconheci, ao primeiro sopro dessa nova vida, mais perverso, dez vezes mais perverso, como um escravo de meu mal original; e esse pensamento, naquele momento, me estimulou e deliciou como o vinho. Estendi as mãos para o alto, exultando com a novidade dessas sensações e, nesse momento, percebi que havia diminuído em estatura.

Não havia espelho em meu consultório naquela época. Aquele que está ao meu lado enquanto escrevo foi trazido depois justamente por causa dessas transformações. Nesse ínterim, a noite já havia avançado muito, e a madrugada, por mais escura que estivesse, já apontava um novo dia. Os criados de minha casa estavam presos às mais profundas horas de sono, resolvi então, estimulado pela esperança e pelo triunfo, aventurar-me nessa minha nova forma até o quarto. Atravessei o pátio, onde, imaginei, as constelações olhavam surpresas para a primeira criatura daquele tipo que sua vigília lhes revelara. Esgueirei-me pelos corredores como um estranho em minha própria casa. Cheguei ao quarto e vi pela primeira vez o semblante de Edward Hyde.

Devo agora falar apenas teoricamente, não dizendo o que sei, mas o que suponho ser o mais provável. O lado perverso da minha natureza, para o qual havia transferido a capacidade de incorporar, era menos robusto e menos desenvolvido do que o lado bom que acabara de depor. Mais uma vez, no curso de minha vida, cujos nove décimos foram de esforço, virtude e controle, esse lado tinha sido muito menos exercitado e muito menos usado. Portanto, acredito que por esse motivo Edward Hyde era muito menor, mais magro e mais jovem do que Henry Jekyll. Assim como o bem brilhava no semblante de um, o mal estava estampado de maneira ampla e clara no rosto do outro. Além disso, o mal (que ainda acredito ser o lado letal do homem) havia deixado naquele corpo uma marca de deformidade e decadência. No entanto, quando olhei para aquela feia imagem no espelho, não tive nenhuma repugnância, mas um arroubo de boas-vindas. Aquele também era eu. Parecia natural e humano. Aos meus olhos, ele trazia uma imagem mais viva do espírito, parecia mais expressiva e única, do que o semblante imperfeito e dividido com que até então me identificava. E até esse momento eu estava certo, sem dúvida. Notei que, quando estava com a aparência de Edward Hyde, ninguém chegava perto de mim sem um receio visível corporalmente. Isso acontecia, a meu ver, porque todos os seres humanos, da maneira como os conhecemos, são uma mistura de bem e mal. E Edward Hyde, exceção da classe humana, era puro mal.

Demorei-me apenas por um momento na frente do espelho. Não havia tentado a segunda e conclusiva experiência. Ainda restava saber se eu havia perdido minha identidade definitivamente e deveria fugir antes do amanhecer de uma casa que já não era mais minha. Então, correndo de volta ao meu consultório, preparei mais uma dose da solução e a bebi. Novamente sofri as dores da dissolução, mas voltei a mim com o caráter, a estatura e o rosto de Henry Jekyll.

Naquela noite, cheguei à encruzilhada fatal. Se eu tivesse abordado minha descoberta com um espírito mais nobre, tivesse arriscado a experiência com aspirações generosas e piedosas, tudo teria sido diferente, e dessas agonias de morte e nascimento, eu teria surgido como um anjo e não como um demônio. A substância não tinha ação discriminatória; não era diabólica nem divina. Apenas abria as portas da prisão de meu caráter, e, como os cativos de Filipos,[7] o que havia dentro de mim escapuliu. Naquela época, minha virtude adormeceu; minha maldade, mantida desperta pela ambição, estava alerta e pronta para aproveitar a ocasião; e o que se projetou disso foi Edward Hyde. Consequentemente, embora eu agora tivesse duas personalidades e duas aparências, uma era totalmente má e a outra ainda era o velho Henry Jekyll, aquela combinação complexa e incongruente cuja reforma e aprimoramento eu já havia desistido de providenciar. Dessa forma, tudo se direcionava para o pior.

Mesmo naquela época, não havia vencido minha aversão à aridez de uma vida de estudos. Eu ainda ficava disposto ao lazer algumas vezes, mas, como meus prazeres eram (para dizer o mínimo) indignos, essa incoerência em minha vida tornava-se cada vez mais indesejável já que eu era uma pessoa bem conhecida e bem considerada e já um pouco idoso. Foi assim que meu novo poder me arrastou até a escravidão. Bastava tomar a solução para me livrar imediatamente do corpo do famoso professor e assumir, como uma grossa capa, o de Edward Hyde. Eu sorria com essa ideia. Na época, parecia-me cômico, mas me preparava com o máximo de cuidado. Comprei e mobiliei aquela casa no Soho, na

7. "E, de repente, sobreveio um tão grande terremoto, que os alicerces do cárcere se moveram, e logo se abriram todas as portas, e foram soltas as prisões de todos" (Atos 16:26).

qual a polícia foi atrás de Hyde, e contratei como governanta uma criatura que eu conhecia muito bem pelo seu silêncio e inescrupulosidade. Por outro lado, anunciei a meus criados que certo sr. Hyde (o qual descrevi) teria total liberdade e poder sobre minha casa na praça. E, para evitar percalços, visitei a casa e me tornei figura comum vestindo meu segundo personagem. Em seguida, elaborei aquele testamento ao qual tanto se opôs, para que, se algo me acontecesse como o dr. Jekyll, pudesse continuar como Edward Hyde sem prejuízo pecuniário. E respaldado, assim, por todos os lados, como supus, comecei a tirar vantagem das estranhas imunidades de minha posição.

Vários homens contratavam criminosos de aluguel para seus crimes, protegendo, assim, sua pessoa e reputação. Eu fui o primeiro a fazer isso por meus próprios prazeres. Fui o primeiro que conseguiu chegar aos olhos do público com um respeito cordial e, em determinado momento, como um estudante, me despir desses aparatos e saltar de cabeça no mar da liberdade. Mas para mim, sob meu manto impenetrável, a segurança era completa. Pense nisso: eu nem existia! Só precisava escapar pela porta do laboratório, então, em um ou dois segundos misturar e tomar a solução que sempre tinha por perto. Assim, o que quer que ele tivesse feito, Edward Hyde sumiria como o vapor da respiração em um espelho. E, em seu lugar, tranquilamente em casa, trabalhando até tarde em seu consultório, estaria um homem que podia se dar ao luxo de rir de qualquer suspeita – Henry Jekyll.

Os prazeres que me apressei em buscar com meu disfarce eram, como já disse, indignos. Dificilmente usaria um termo mais duro. Mas, nas mãos de Edward Hyde, logo começaram a se tornar monstruosos. Quando voltava dessas excursões, muitas vezes mergulhava em uma espécie de surpresa por minha depravação vicária. Esse outro que fazia emergir de minha alma e o enviava sozinho para fazer valer seus prazeres era inerentemente maligno e vil. Cada ato e pensamento era centrado em si mesmo, bebendo da fonte do prazer com avidez bestial a partir do sofrimento do outro; implacável como se de pedra fosse. Henry Jekyll às vezes ficava horrorizado diante dos atos de Edward Hyde, mas a situação estava além das leis comuns e insidiosamente enfraquecia o controle da consciência. Afinal, era Hyde, e só Hyde, o culpado. Jekyll não estava envolvido, retomava suas boas qualidades aparentemente intacto, inclusive trabalhava com afinco, à medida do possível, para desfazer os males cometidos por Hyde. E assim sua consciência adormecia.

Não tenho intenção de adentrar nos detalhes da infâmia com a qual fui conivente (pois mesmo agora dificilmente posso admiti-los). Apontarei apenas os avisos e as etapas sucessivas que antecederam meu castigo. Sofri um acidente que, como não trouxe consequências, apenas mencionarei. Um ato de crueldade com uma criança colocou contra mim a ira de um transeunte, que reconheci outro dia ser seu parente. O médico e a família da criança juntaram-se a ele e houve momentos em que temi por minha vida. Por fim, para apaziguar esse ressentimento tão justo, Edward Hyde teve de trazê-los até a porta e pagar-lhes com um cheque assinado por Henry Jekyll. Mas esse perigo foi facilmente eliminado no futuro, abrindo uma conta em outro banco em nome de Edward Hyde; e quando, inclinando um pouco menos minha própria letra, forneci uma assinatura ao meu outro ser, pensei que havia me colocado fora do alcance do destino.

Cerca de dois meses antes do assassinato do sr. Danvers, eu havia saído para uma de minhas aventuras, voltei tarde da noite e acordei no dia seguinte com sensações estranhas. Foi em vão que olhei em volta; em vão vi a mobília decente e as altas proporções de meu quarto na praça; em vão reconheci o desenho das cortinas da cama e o entalhe no mogno; algo ainda insistia que eu não estava ali, mas no quartinho do Soho onde costumava dormir no corpo de Edward Hyde. Sorri e, do meu modo, comecei vagarosamente a me indagar sobre os elementos dessa ilusão, ocasionalmente caindo mais uma vez em um cochilo matinal confortável. Em um dos meus momentos mais despertos, meus olhos pousaram na minha mão. A mão de Henry Jekyll (como você já observou com frequência) tinha a forma e o tamanho da mão de um profissional: grande, firme, branca e atraente. Mas a mão que agora via, com bastante clareza, à luz amarela de uma manhã de Londres, entreaberta sobre os lençóis, era esguia, cheia de veias, nodosa, de uma palidez sombria e densamente coberta por uma cabeleira morena. Era a mão de Edward Hyde.

Devo ter ficado olhando para ela por quase meio minuto, afundado como estava na mera estupidez do assombro, antes que o terror despertasse em meu peito tão repentino e surpreendente como o bater de címbalos e, saltando da cama, corri para o espelho. Com a visão que meus olhos encontraram, meu sangue se transformou em algo primorosamente fino e gelado. Sim, eu fui para a cama como Henry Jekyll, e acordei Edward Hyde. "Como poderia explicar isso?", eu me perguntei. Então, com outro salto de terror: Como poderia remediar aquilo? Foi bem pela manhã; os criados já estavam de pé; todas as minhas substâncias estavam no gabinete. De onde eu estava, aterrorizado, era uma longa caminhada descendo dois pares de escadas, através do corredor dos fundos, através do pátio aberto e através do anfiteatro. De fato, é possível cobrir meu rosto, mas de que serviria isso, se não conseguia esconder a alteração na minha estatura? Então, com um irresistível alívio, veio à minha mente que os criados já estavam acostumados com as idas e vindas do meu segundo eu. Logo me vesti, da melhor maneira que pude, com roupas do meu tamanho, e atravessei a casa. Bradshaw olhou e recuou ao ver o sr. Hyde àquela hora e em uma disposição tão estranha. Dez minutos depois, o dr. Jekyll havia voltado à sua forma e sentara-se à mesa, com as sobrancelhas franzidas, fingindo que comia.

De fato, tinha pouco apetite. Esse incidente inexplicável, essa inversão de minha experiência anterior, parecia, como o dedo que escreve na parede babilônica,[8] anunciar meu julgamento final. Comecei a refletir mais seriamente do que nunca sobre as questões e possibilidades de minha dupla existência. A parte de mim que tinha o poder de projetar, ultimamente, tinha sido muito exercitada e nutrida. Nos últimos dias, parecia-me que o corpo de Edward Hyde tinha crescido em estatura, como se (quando eu vestia aquela forma) tivesse consciência de que meu corpo ficava mais vigoroso. Comecei a perceber o perigo de que, se isso se prolongasse por muito tempo, o equilíbrio de minha natureza fosse destruído

8. A história da escrita na parede está relatada na Bíblia no episódio do banquete servido por Belsazar. Segundo as escrituras, durante o banquete, uma mão teria aparecido e escrito na parede o fim trágico de Belsazar.

para sempre, o poder da mudança voluntária seria perdido e o caráter de Edward Hyde se tornasse irrevogavelmente o meu. O poder da substância nem sempre era manifestado da mesma forma. Uma vez, bem no início das experiências, havia falhado totalmente. Desde então, em mais de uma ocasião, fui obrigado a dobrar e, uma vez, sob risco infinito de morte, a triplicar a quantidade. Essas raras incertezas eram as únicas a lançar até então uma sombra sobre minha alegria. No entanto, e à luz do incidente daquela manhã, fui levado a observar que, embora no início a dificuldade tivesse sido se livrar do corpo de Jekyll, agora, gradual, mas decididamente, havia se transferido para o outro lado. Tudo, portanto, parecia apontar para isto: que eu estava lentamente perdendo o controle de meu eu original e mais honroso, e lentamente incorporando o meu segundo e pior eu.

Eu sentia que, agora, tinha de escolher entre os dois. Minhas duas naturezas tinham a memória em comum, mas todas as outras faculdades eram compartilhadas de maneira desigual. Jekyll (que era uma mistura), ora com apreensões sérias, ora com um interesse ganancioso, projetava e compartilhava dos prazeres e das aventuras de Hyde. Mas Hyde era indiferente a Jekyll, ou apenas se lembrava dele como o bandido das montanhas se lembra da caverna na qual ele se esconde de quem o persegue. Jekyll tinha mais do que um interesse de pai; Hyde tinha mais do que a indiferença de um filho. Escolher por Jekyll era morrer para aqueles apetites que há muito tempo secretamente satisfazia e começara a nutrir. Escolher por Hyde era deixar de lado milhares de interesses e aspirações e tornar-se, de um só golpe e para sempre, desprezado e sem amigos. A escolha parecia desigual, mas havia ainda outra consideração a se fazer, pois, enquanto Jekyll sofreria dolorosamente nas fogueiras da abstinência, Hyde nem mesmo estaria consciente de tudo o que havia perdido. Por mais estranhas que fossem minhas circunstâncias, os termos desse debate são tão antigos e comuns quanto o homem. Quase os mesmos incentivos e perigos são lançados a qualquer pecador tentado e trêmulo; e ocorreu comigo, como acontece com a maioria de meus companheiros, escolher a melhor parte e não ter a força suficiente para mantê-la.

Sim, eu escolhi o médico idoso e descontente, rodeado de amigos e nutrindo esperanças sinceras. E despedi-me decididamente da liberdade, da relativa juventude, do passo ágil e dos prazeres secretos que desfrutara sob o disfarce de Hyde. Fiz essa escolha talvez com alguma reserva inconsciente, pois não desisti da casa no Soho, nem destruí as roupas de Edward Hyde, que ainda estavam guardadas em meu armário. Por dois meses, entretanto, fui fiel à minha determinação. Por dois meses, levei uma vida tão severa que nunca havia alcançado antes, e desfrutei das compensações de uma consciência grata. Mas o tempo finalmente começou a obliterar o frescor do meu medo. Os louvores da consciência começaram a se tornar habituais, é claro. Comecei a ser torturado por espasmos e desejos, como se Hyde estivesse lutando pela liberdade. Por fim, em um momento de fraqueza moral, mais uma vez preparei e bebi a solução transformadora.

Não acredito que, quando um bêbado raciocina sobre seu vício, ele seja, uma vez entre quinhentas, afetado pelos perigos que corre com sua insensibilidade física bruta. Nem eu, desde que considerei minha condição, considerei de fato a completa insensibilidade moral e predisposição para o mal, que eram características principais de Edward Hyde. No entanto, foi por elas que fui punido. Meu demônio, que estava enjaulado havia muito tempo, saiu rugindo. Eu estava consciente, mesmo enquanto tomava a solução, de uma propensão mais desenfreada e mais furiosa ao mal. Deve ter sido isso, suponho, que despertou em minha alma aquela tempestade de impaciência com que escutei a civilidade de minha infeliz vítima. Declaro, pelo menos diante de Deus, que nenhum homem moralmente são poderia ser culpado desse crime sob uma provocação tão lamentável; e que ataquei com espírito não mais razoável do que aquele com que uma criança doente pode quebrar um brinquedo. Mas voluntariamente me despojei de todos aqueles instintos de equilíbrio pelos quais até mesmo o pior de nós continua a caminhar com certo grau de firmeza entre as tentações; e, no meu caso, ser tentado, mesmo que ligeiramente, significava cair.

Instantaneamente, o espírito do inferno despertou em mim e se enfureceu. Com um arroubo de alegria, ataquei o corpo sem resistência, saboreando o prazer de cada golpe. Foi só depois que o cansaço começou a vir que fui repentinamente, no auge do meu delírio, atingido no coração por um arrepio frio de terror. Uma névoa se dispersou. Eu vi minha vida se esvair; e fugi da cena desses excessos, ao mesmo tempo glorioso e trêmulo, minha luxúria pelo mal satisfeita e estimulada, meu amor pela vida elevado ao mais alto patamar. Corri para a casa no Soho e (para me certificar duplamente) destruí meus papéis; dali parti pelas ruas iluminadas pelas lamparinas, no mesmo êxtase de divisão da mente, regozijando-me com meu crime, imaginando outros no futuro, mas ainda apressado e ouvindo em meu rastro os passos do vingador. Hyde tinha uma canção nos lábios enquanto preparava a solução e, ao bebê-la, brindou ao homem morto. As dores da transformação ainda não haviam acabado com ele, quando Henry Jekyll, com lágrimas de gratidão e remorso, caiu de joelhos e ergueu as mãos unidas a Deus. O véu da autoindulgência rasgou-se da cabeça aos pés. Eu vi minha vida como um todo: eu a acompanhei de minha infância, quando caminhava segurando a mão de meu pai, e ao longo das labutas abnegadas de minha vida profissional, para chegar repetidas vezes, com o mesmo senso de irrealidade, aos malditos horrores da tarde. Eu poderia ter gritado. Procurei com lágrimas e orações sufocar as milhares de imagens e sons horríveis os quais minha memória jogava contra mim. E, ainda, entre as súplicas, a horrível face de minha iniquidade fitava minha alma. À medida que a intensidade desse remorso começou a desaparecer, sucedeu-se uma sensação de alegria. O problema da minha conduta fora resolvido. Hyde era então impossível. Quisesse ou não, agora estava confinado à melhor parte de minha existência. Como me alegrei ao pensar nisso! Com que humildade voluntária abracei de novo as restrições da vida natural! Com que renúncia sincera tranquei a porta pela qual tantas vezes havia entrado e saído e joguei a chave fora!

No dia seguinte, veio a notícia de que o assassinato havia sido resolvido, de que a culpa de Hyde era patente para o mundo e de que a vítima era um homem de alta estima pública. Não foi apenas um crime, fora uma trágica loucura. Acho que fiquei feliz em saber disso. Acho que fiquei feliz por ter meus melhores impulsos assim apoiados e protegidos dos terrores do cadafalso. Jekyll era agora meu refúgio. Se Hyde surgisse apenas por um instante, as mãos de todos os homens se levantariam para pegá-lo e matá-lo.

Resolvi, por meio de minha conduta futura, redimir o passado, e posso dizer com honestidade que minha resolução foi frutífera. Você mesmo sabe com que zelo, nos últimos meses do ano passado, trabalhei para aliviar o sofrimento de outras pessoas. Você sabe que muito fiz pelos outros e que os dias passaram serenos, quase felizes para mim. Nem posso dizer que me cansei verdadeiramente desta vida benéfica e inocente. Em vez disso, acho que diariamente tinha ainda mais prazer, mas eu ainda estava amaldiçoado pela minha dualidade. Quando o primeiro impulso de minha penitência passou, meu lado inferior, por tanto tempo indulgente e só recentemente acorrentado, começou a rosnar por liberdade. Não que eu sonhasse em ressuscitar Hyde. A mera ideia disso me deixaria furioso. Não, estava, na verdade, mais uma vez tentado a brincar com minha consciência em meu próprio corpo. Foi como um pecador secreto comum que finalmente cedi diante dos ataques da tentação.

Todas as coisas chegam ao fim. A mais ampla medida é finalmente preenchida, e aquela breve condescendência para a maldade finalmente destruiu o equilíbrio de minha alma. No entanto, não fiquei alarmado.

A queda parecia natural, como um retorno aos velhos tempos antes de eu ter feito minha descoberta. Era um dia agradável e claro de janeiro, úmido sob os pés onde a neve havia derretido, mas sem nuvens no alto. O Regent's Park estava cheio dos trinados invernais e dos aromas primaveris. Sentei-me ao sol em um banco. A animal dentro de mim corroía a minha memória. O lado espiritual cochilava um pouco, prometendo uma penitência depois, mas ainda não havia se movido para começar. Afinal, refleti, eu era como meus vizinhos, e então sorri, comparando-me com outros homens, comparando minha boa vontade com a crueldade preguiçosa da negligência deles. E no exato momento desse pensamento vanglorioso, um escrúpulo apoderou-se de mim, uma náusea horrível e o mais mortal estremecimento. Essas sensações passaram e me deixaram prestes a ter um desmaio. Então, quando por sua vez a vertigem diminuiu, comecei a perceber uma mudança na natureza de meus pensamentos, uma ousadia maior, um desprezo pelo perigo, uma dissolução dos laços da obrigação. Eu olhei para baixo, minhas roupas estavam penduradas sem forma sobre meus membros encolhidos; a mão que estava sobre meu joelho tinha agora grandes veias saltadas e pelos. Eu era mais uma vez Edward Hyde. Um momento antes, tinha o respeito de todos os homens, era um homem rico e querido, tinha a mesa posta para mim na sala de jantar em casa; mas agora me tornara novamente uma presa da sociedade, perseguido, sem casa, um assassino conhecido, condenado à forca.

Minha razão vacilou, mas não falhou totalmente. Já havia observado mais de uma vez que, na outra personalidade, minhas faculdades pareciam mais aguçadas e meu espírito mais maleável. Assim, onde Jekyll talvez pudesse ter sucumbido, Hyde se prontificava ao desafio. Minhas substâncias estavam em um dos armários de meu gabinete. Como chegaria até elas? Esse era o problema que (esmagando as têmporas com as mãos) eu me propus a resolver. A porta do laboratório estava trancada. Se procurasse entrar pela casa, meus criados me condenariam. Percebi que deveria empregar outras mãos e pensei em Lanyon. Como poderia encontrá-lo? Como iria convencê-lo? Supondo que eu escapasse de meus perseguidores nas ruas, como faria para chegar até ele? E como poderia, um visitante desconhecido e desagradável, persuadir o famoso médico a vasculhar o escritório de seu colega, dr. Jekyll? Então me lembrei de que parte da minha personalidade original havia permanecido em mim: poderia escrever-lhe com minha caligrafia. Assim que concebi aquela centelha, o caminho que devia seguir iluminou-se por completo.

Em seguida, arrumei minhas roupas da melhor forma que pude e, chamando um cabriolé que passava por ali, dirigi-me até um hotel na Portland street, de cujo nome por acaso me lembrei. Com a minha aparição (o que foi realmente cômico, por mais trágico que fosse o destino que essas vestimentas cobriam), o motorista não conseguiu esconder uma risada. Eu rangi os dentes para ele com uma rajada de fúria diabólica, e o sorriso sumiu de seu rosto – felizmente para ele – e ainda mais felizmente para mim, pois em outro momento certamente o teria arrastado de seu lugar. Ao entrar no hotel, olhei em volta com um semblante tão sombrio que fez tremer os empregados. Não trocaram sequer um olhar entre si na minha presença, mas obedeceram obsequiosamente às minhas ordens, conduziram-me a um quarto e trouxeram-me os instrumentos para escrever. Hyde, em perigo de vida, era uma criatura nova para mim; investido de uma raiva exagerada, prestes a cometer um assassinato, desejando infligir dor. No entanto, a criatura era astuta. Dominou sua fúria com grande esforço; compôs duas importantes cartas, uma para Lanyon e outra para Poole, e, para que pudesse se certificar de que as cartas seriam realmente postadas, enviou-as com instruções para que fossem registradas. Daí em diante, passou o dia todo sentado perto da lareira no quarto do hotel, roendo as unhas. Lá ele jantou, sentado sozinho com seus medos. O garçom visivelmente estremecia diante de seus olhos.

Quando já era noite, acomodou-se no canto de uma carruagem fechada e foi levado de um lado para outro pelas ruas da cidade. Ele, eu digo – não posso dizer que era eu. Aquele filho do Inferno não tinha nada de humano; nada vivia nele a não ser medo e ódio. Por fim, pensando que o cocheiro já começava a desconfiar, desceu da carruagem e se aventurou a pé, vestido com suas roupas inadequadas, possível de ser notado em meio aos transeuntes noturnos, ao mesmo tempo que aquelas duas paixões ignóbeis assolavam em seu interior como uma tempestade. Caminhava rápido, perseguido por seus medos, tagarelando consigo mesmo, esgueirando-se pelas ruas menos frequentadas, contando os minutos que ainda o separavam da meia-noite. Em um momento uma mulher falou com ele, oferecendo, eu acho, uma caixa de fósforos. Ele a golpeou no rosto e ela fugiu.

Quando voltei a mim na casa de Lanyon, o horror do meu velho amigo talvez tenha me afetado um pouco. Eu não sei. No entanto, foi apenas uma gota naquele mar de aversão com que eu recordava aquelas horas. Uma mudança me ocorreu. Não era mais o medo da forca, era o horror de me tornar Hyde que me atormentava. Recebi a condenação de Lanyon em parte como se em um sonho. Foi parcialmente em um sonho que voltei para minha casa e fui para a cama. Dormi depois do cansaço do dia, com um sono complicado e profundo, que nem mesmo os pesadelos que me atormentavam podiam quebrar. Acordei de manhã abalado, enfraquecido, mas revigorado. Ainda odiava e temia a ideia de que uma criatura brutal dormia dentro de mim, e é claro que não havia me esquecido dos terríveis perigos do dia anterior. Mas eu estava em casa novamente, na minha própria casa e perto das minhas substâncias. A gratidão por ter conseguido escapar iluminava tão fortemente minha alma que quase rivalizava com o brilho da esperança.

Eu caminhava vagarosamente pelo pátio depois do café da manhã, aproveitando o ar fresco com prazer, quando fui novamente tomado por aquelas sensações indescritíveis que anunciavam a mudança. Tive apenas o tempo de obter o abrigo de meu gabinete, antes de me tornar novamente furioso e congelado pelas paixões de Hyde. Nessa ocasião, foi necessária uma dose dupla para me trazer de volta, porém, seis horas depois, ao me sentar e olhar tristemente para o fogo da lareira, as dores voltaram e a solução teve de ser administrada de novo. Em suma, daquele dia em diante parecia que apenas por um grande esforço físico, e apenas sob o estímulo imediato da solução, eu era capaz de ser Jekyll. Em qualquer hora do dia e da noite, eu era tomado por um estremecimento premonitório. Acima de tudo, se eu dormia, ou mesmo cochilava por um momento em minha cadeira, era sempre como Hyde que eu acordava. Sob a pressão dessa condenação iminente e em consequência da insônia que agora me atingia além do que eu pensava ser possível ao homem, tornei-me, em minha própria pessoa, uma criatura devorada pela febre, languidamente fraca de corpo e de mente, movida por um único pensamento: o horror do meu outro eu. Mas quando eu dormia, ou quando a ação do remédio passava, eu era transportado quase sem transição (pois as dores da transformação ficavam cada vez menos fortes) para uma fantasia transbordante de imagens de terror, uma alma fervente de ódios sem causa e um corpo que parecia não ser forte o suficiente para conter a energia furiosa que abraçava. Os poderes de Hyde pareciam ter crescido com a debilidade de Jekyll. Certamente o ódio que agora os dividia era igual dos dois lados. Com Jekyll, era uma questão de instinto vital. Agora ele tinha visto a deformidade total daquela criatura com quem compartilhava alguns dos fenômenos da consciência e a convicção da morte. Além desses laços de comunhão, que por si só se tornavam a parte mais pungente de sua angústia, ele pensava em Hyde, com toda a sua energia vital, como algo não apenas infernal, mas inorgânico. Isso era chocante: que o limo da cova parecia emitir gritos e vozes; que a poeira amorfa gesticulava e pecava; que o que estava morto e não tinha forma usurparia os ofícios da vida. E mais: aquele horror insurgente estava ligado a ele de modo mais forte do que uma es-

S·G Hulme Beaman

posa, mais perto do que um olho; jazia enjaulado em sua carne, onde o ouvia murmurar e lutar para nascer; e a cada hora de fraqueza, na confiança do sono, prevalecia e o depunha da vida. O ódio de Hyde por Jekyll era de outra ordem. Seu terror da condenação o levava continuamente a cometer suicídio temporariamente e a retornar a sua posição subordinada de ser apenas uma parte em vez de uma pessoa completa. Mas detestava essa necessidade, detestava o desânimo em que Jekyll havia caído e ressentia-se da repulsa com que era considerado. Daí os truques simiescos que ele me pregava, escrevendo com minha caligrafia blasfêmias nas páginas de meus livros, queimando as cartas e destruindo o retrato de meu pai. De fato, não fosse por seu medo da morte, ele teria se arruinado há muito tempo para me envolver na ruína. Mas seu amor pela vida é maravilhoso. E vou além: eu, que me enojo e congelo só de pensar nele, quando me lembro da abjeção e da paixão de seu apego à vida, e do quanto ele teme meu poder de destruí-lo por meio do suicídio, encontro pena dele em meu coração.

É inútil, e terrivelmente me falta tempo, prolongar esta descrição. Ninguém jamais sofreu tais tormentos, basta dizer. No entanto, mesmo a esses, o hábito trouxe não, não alívio, mas certa insensibilidade da alma, certa aquiescência do desespero. Minha punição poderia ter durado anos, exceto pela última calamidade que agora ocorreu e que finalmente me separou de meu próprio rosto e natureza. Minha provisão de sal, que nunca fora renovada desde o primeiro experimento, começou a se esgotar. Mandei buscar um novo suprimento e misturei-o à solução. Seguiram-se a ebulição e a primeira mudança de cor, mas não a segunda. Tomei a solução, mas sem resultados. Você saberá com Poole como procurei por esse sal em toda a Londres, mas foi em vão. E agora estou persuadido de que meu primeiro suprimento era impuro, e que foi essa impureza desconhecida que deu eficácia à bebida.

Cerca de uma semana se passou, estou agora terminando esta declaração sob a influência da última dose dos velhos sais. Esta, então, é a última vez, a não ser que ocorra um milagre, que Henry Jekyll pode ter os próprios pensamentos ou ver o próprio rosto (hoje tristemente alterado!) no vidro. Nem devo demorar muito para encerrar minha escrita, pois, se minha narrativa até agora escapou da destruição, foi por uma combinação de grande prudência e muita sorte. Se os sofrimentos da metamorfose me chegarem durante o ato de escrever esta carta, Hyde a fará em pedaços. Mas, se algum tempo transcorrer depois de eu tê-la deixado de lado, seu maravilhoso egoísmo e imediatismo provavelmente a salvarão mais uma vez da ação de seu rancor simiesco. De fato, a condenação que está se fechando sobre nós dois já o mudou e o esmagou. Daqui meia hora, quando reassumirei para sempre aquela odiosa personalidade, sei como vou me sentar trêmulo e choroso em minha cadeira, ou como continuarei, em um êxtase tenso e assustado, a andar de um lado para outro nesta sala (meu último refúgio terreno) e a dar ouvidos a cada som de ameaça. Hyde morrerá no cadafalso? Ou encontrará coragem para se libertar no último momento? Só Deus sabe. Para mim, tanto faz. Esta é minha derradeira hora da morte, e o que está por vir diz respeito a outros, e não a mim. Aqui, então, enquanto deixo a caneta e selo minha confissão, coloco um fim à vida infeliz de Henry Jekyll.